HERGÉ

WERKAUSGABE
DIE MANITOBA ANTWORTET NICHT
DER AUSBRUCH DES KARAMAKO
STUPS UND STEPPKE

5

CARLSEN

HERGÉ WERKAUSGABE

Band 1: Totors Abenteuer
Tim im Lande der Sowjets

Band 2: Tim im Kongo
Tim in Amerika
Der brave Herr Mops

Band 3: Die Zigarren des Pharaos
Popol und Virginia
bei den Langohr-Indianern
Stups und Steppke

Band 4: Der blaue Lotos
Der Arumbaya-Fetisch
Stups und Steppke

Band 5: Die Manitoba antwortet nicht
Der Ausbruch des Karamako
Stups und Steppke

Band 6: Die Schwarze Insel
König Ottokars Zepter
Herr Bellum

Band 7: Das Vermächtnis des Mister Pump
Rekordflug nach New York
Stups und Steppke

Band 8: Die Krabbe mit den goldenen Scheren
Der geheimnisvolle Stern
Stups und Steppke

Band 9: Das Geheimnis der »Einhorn«
Der Schatz Rackhams des Roten
Stups und Steppke

Band 10: Die sieben Kristallkugeln
Der Sonnentempel
Lustige Geschichten

Band 11: Im Reiche des schwarzen Goldes
Stups und Steppke

Band 12: Reiseziel Mond
Schritte auf dem Mond
Der Triumph von Apollo XII

Band 13: Der Fall Bienlein
Das Tal der Kobras
Stups und Steppke

Band 14: Kohle an Bord
Stups und Steppke

Band 15: Tim in Tibet
Die Juwelen der Sängerin
Stups und Steppke

Band 16: Flug 714 nach Sydney
Tim und die Picaros
Stups und Steppke

Band 17: Tim und die Alpha-Kunst
Stups und Steppke

Band 18: Wie entsteht ein Comic?
Stups und Steppke

Band 19: Tim und Struppis Weg in andere Medien
Hergé: Der Zeichner und sein Werk
Ein Interview mit Hergé

CARLSEN COMICS
1 2 3 4   02 01 00 99
© Carlsen Verlag GmbH · Hamburg 1999
Aus dem Französischen
LE »MANITOBA« NE RÉPOND PLUS/L'ERUPTION DU KARAMAKO/QUICK ET FLUPKE
Copyright © 1991 by Hergé/Casterman
Begleittexte: Benoît Peeters
Redaktion: Joachim Kaps
Schrift: Monika Weimer und Hartmut Klotzbücher
Herstellung/Layout: Rüdiger Mohrdieck
Produktion: Casterman (Tournai/Belgien)
Druck und buchbinderische Verarbeitung: Lito Terrazzi
Alle deutschen Rechte vorbehalten
ISBN 3-551-74245-6
Luxusausgabe: ISBN 3-551-74265-0
Printed in Italy

Inhalt

DIE GEHEIMNISVOLLEN STRAHLEN (1936-1937)

Helden mit Alltagsleben

6

Teil 1: Die Manitoba antwortet nicht

11

Teil 2: Der Ausbruch des Karamako

69

DROPSY (um 1934)

Vorläufer von Jo und Jette

127

Die Comics

128

STUPS UND STEPPKE

Comics

136

DEUXIÈME ANNÉE
N° 7
13 FÉVRIER 1947
TINTIN
CHAQUE JEUDI
4,00 FRS

Prisonnier des pirates dans l'île sous-marine, Jo, stupéfait, erre parmi d'étranges appareils... Que va-t-il encore découvrir ?... (voir pp. 4-5)

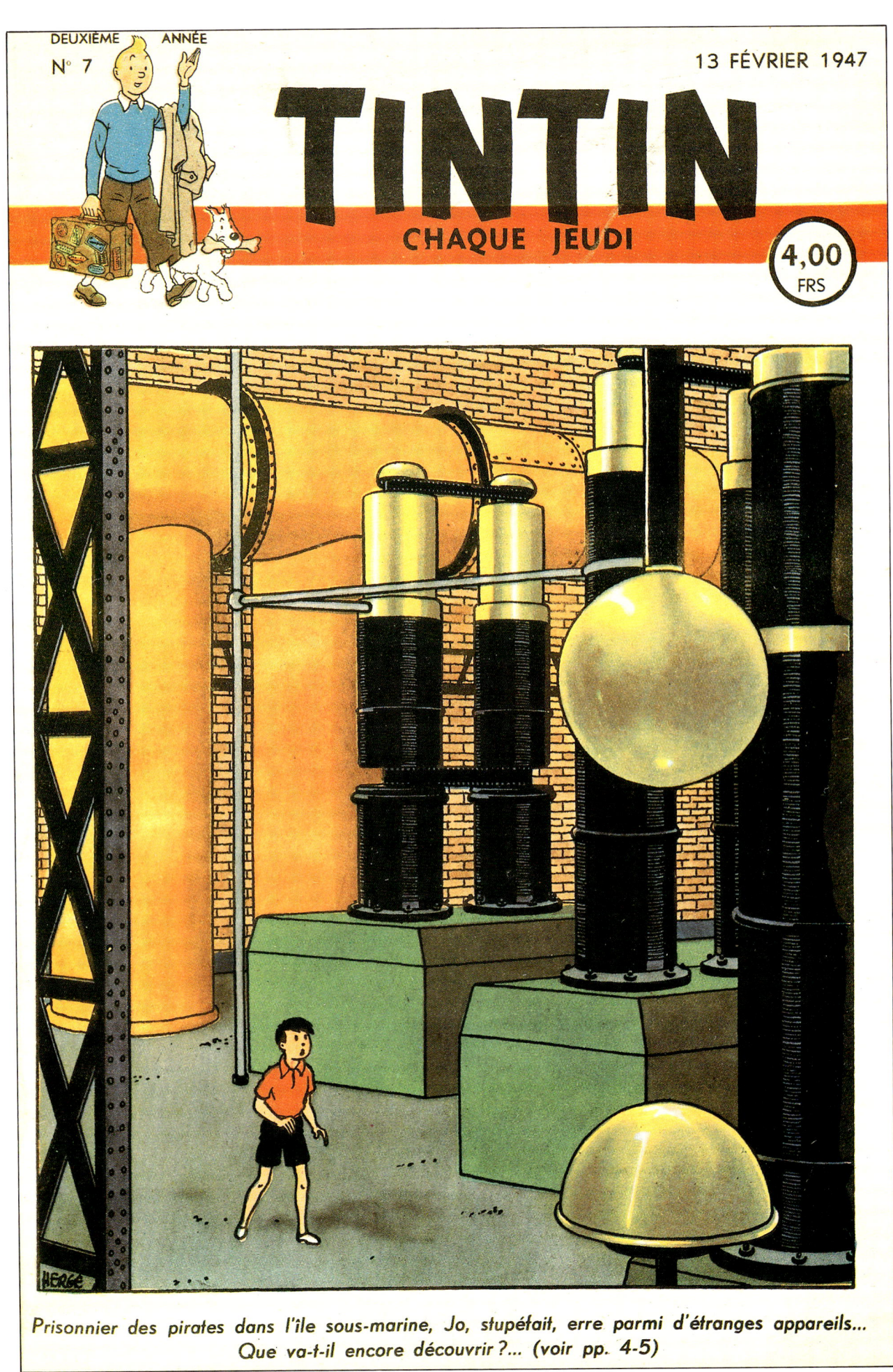

Ein Titelblatt des Magazins *Tintin*, in dem *Die geheimnisvollen Strahlen* in den Vierziger Jahren abgedruckt wurden.

DIE

GEHEIMNISVOLLEN STRAHLEN

Ein Entwurf für den Umschlag zu einer Buchausgabe, den Hergé bereits in den Dreißiger Jahren anfertigte. Zu einer Veröffentlichung der Serie als Album kam es jedoch erst sehr viel später.

Helden mit Alltagsleben

Im Gegensatz zu Hergés anderen Serien entstanden *Die Abenteuer von Jo, Jette und Jocko* (im Original: *Jo, Zette et Jocko*) nicht auf Initiative des Autors, sondern waren eine Auftragsarbeit. Die Redaktionsleitung des französischen Magazins *Cœurs Vaillants*, in dem die Abenteuer von Tim und Struppi nach ihrer Veröffentlichung in *Le Petit Vingtième* einen zweiten Abdruck fanden, hatte Hergé gebeten, für das Blatt einen neuen Typus von Helden zu entwickeln.

In einem Interview mit Numa Sadoul beschrieb Hergé die Entstehung der Serie später so: »Die Redakteure der Zeitschrift sagten zu mir: ›Ihr Tim ist gar nicht so schlecht, wir mögen ihn. Uns stört nur, dass er nicht arbeitet und auch nicht zur Schule geht, nicht isst und nicht schläft. Das wirkt nicht sehr überzeugend. Könnten Sie nicht eine Geschichte mit einem Kind zeichnen, das einen Vater hat, der arbeiten geht, und das eine Mutter, eine Schwester und ein Haustier hat?‹ Zu der Zeit hatte ich gerade einen Werbeauftrag für Spielwaren umzusetzen, und unter diesem Spielzeug gab es auch einen kleinen Affen namens Jocko. Um diesen Jocko herum habe ich dann die Familie gebaut, so wie es sich die Herren von *Cœurs Vaillants* gewünscht hatten. Damals dachte ich: ›Vielleicht haben sie ja Recht.‹«

Wegen der zahlreichen Auflagen, die er bei der Umsetzung von *Die Abenteuer von Jo, Jette und Jocko* zu beachten hatte, konnte sich Hergé mit dieser Serie nie vollständig identifizieren. Während sich das Universum von Tim und Struppi über Jahre hinweg entwickeln konnte, sollte er hier auf Anhieb eine bis ins letzte Detail festgelegte Welt kreieren, was ihm nicht recht gefiel: »Zuerst musste der Vater einen Beruf haben, in dem er viel reisen konnte. Also machte ich einen Ingenieur aus ihm. Doch dann sollten der Vater und die Mutter auch noch den größten Teil ihrer Zeit damit verbringen, sich um ihre armen Kinder zu sorgen und ihnen nachzuforschen, weil es sie hinaus in die Welt verschlagen hat. Also musste die ganze Familie auf Reisen sein: das war ganz schön ermüdend…

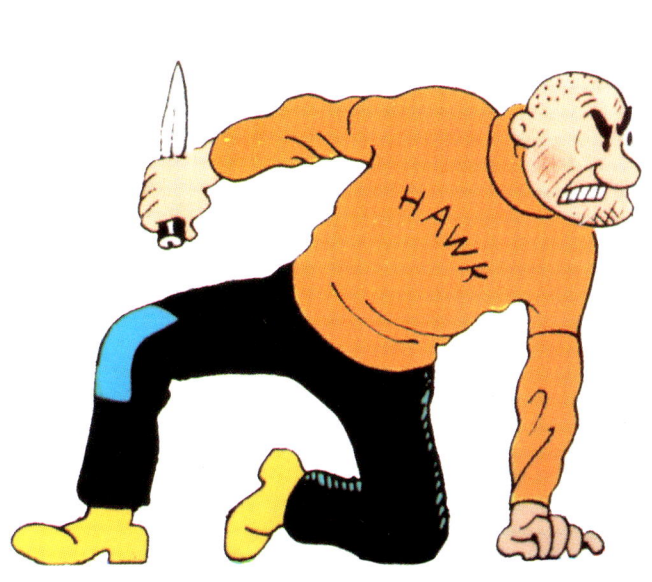

Tim dagegen war frei! Glücklicher Tim! Das erinnert mich an einen Satz von Jules Renard: ›Nicht jeder kann eine Waise sein!‹«

Ganz so schnell wie bei *Popol und Virginia* gab Hergé die Arbeit an der Serie all seiner Skepsis zum Trotz aber nicht auf. Insgesamt entstanden drei Geschichten um das Geschwisterpaar und seinen kleinen Affen. Die ersten beiden von ihnen wurden später für die Buchausgabe noch einmal in je zwei Episoden aufgeteilt, so dass heute insgesamt fünf Alben der Serie vorliegen.

Die geheimnisvollen Strahlen

Das erste Abenteuer von Jo, Jette und Jocko erschien in der Urfassung unter dem Titel *Le Rayon du mystère* (Der geheimnisvolle Strahl) mit je einer zweifarbigen Doppelseite (schwarz und rot) vom 19. Januar 1936 bis zum 20. Juni 1937 in *Cœurs Vaillants*. Vom 22. Oktober 1936 bis zum 10. März 1938 kamen die insgesamt 146 Seiten noch einmal schwarzweiß in *Le Petit Vingtième* zum Abdruck. Ende der Vierziger Jahre wurde die Geschichte für einen Abdruck in dem Magazin *Tintin* erstmals koloriert. Schließlich wurde sie zu Beginn der Fünfziger Jahre anlässlich der ersten Albenausgabe noch einmal überarbeitet und auf die heute bekannte Fassung von zwei mal 52 Seiten gekürzt.

Auszug aus der zweifarbigen Urfassung von Jo, Jette und Jocko, wie sie in Cœurs Vaillants erschien.

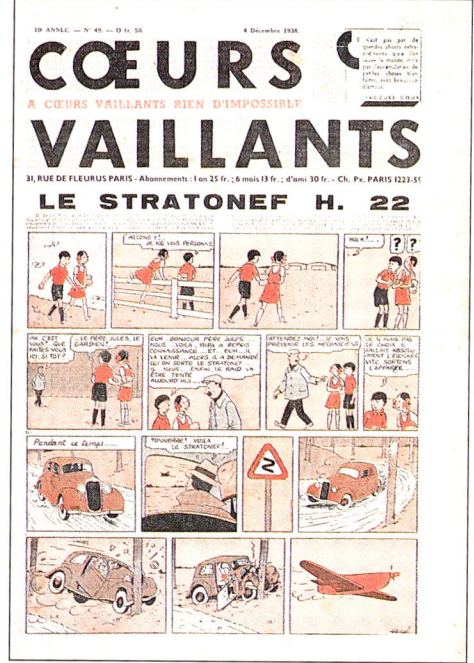

L'ERUPTION

Dans le prochain numéro : L'IBIS-34 DANS LA TEMPETE.

A LA RECHERCHE DE L'IBIS-34.

Voir pages 12 et 13 : L'ILE A SAUTÉ.

Illustration für das Titelblatt von *Le Petit Vingtième* vom 22. Oktober 1936.

Die Geschichte, die man als eine Art Sciencefiction-Story bezeichnen könnte, verbindet auf eine naive Weise verschiedene Muster des Trivialromans miteinander: Im Mittelpunkt steht ein verrückter Wissenschaftler, der seine Forschungen in einem Unterwasserlabor betreibt. Sein Ziel ist es, eine Roboterarmee zu erschaffen, mit deren Hilfe er die Herrschaft über die Welt an sich reißen will. Er bemächtigt sich der beiden Kinder Jo und Jette, um sie für die Vollendung seiner verrückten Experimente einzusetzen. Doch glücklicherweise gelingt den beiden mit Hilfe eines Amphibienfahrzeugs die Flucht. Sie gelangen auf eine von Kannibalen bevölkerte Insel, wo sie schließlich von Forschungsreisenden der US-Navy entdeckt und gerettet werden. Doch Jo gerät erneut in die Hände eines Komplizen des Wissenschaftlers, und erst nach vielen weiteren dramatischen Ereignissen gelingt seine endgültige Rettung.

Natürlich sind die hier beschriebenen Motive nicht ganz so originell wie die aus den in der gleichen Zeit entstandenen Tim-Abenteuern *Der blaue Lotos* oder *Der Arumbaya-Fetisch*. Doch rückt man *Die geheimnisvollen Strahlen* einmal etwas aus dem Schatten des übermächtigen Klassikers und lässt sich auf die Geschichte ein, so kann man durchaus seine Freude an ihrer Lektüre haben. Der rasante Ablauf der Ereignisse, viele hübsche Details und der Umstand, dass Kinder die Hauptrollen spielen, haben ihren ganz eigenen Reiz.

Zwei Verwandte von Jo und Jette: Antoine und Antoinette aus dem Werbecomic *Dropsy*.

Titelblätter von *Le Petit Vingtième* aus den Jahren 1937 und 1938.

Titelbild des Magazins *Tintin* vom 8. April 1948.

Auf ihre deutsche Veröffentlichung mussten Jo, Jette und Jocko bis 1978 warten. In diesem Jahr legte der Carlsen Verlag eine der französischen Ausgabe von Casterman nachempfundene Edition vor, in der die 1979 erschienenen Bände *Die Manitoba antwortet nicht* und *Der Ausbruch des Karamako* den dritten und vierten Band der Serie bildeten. Ab 1989 erschienen die Bände dann noch einmal in einer Hardcoverausgabe bei dem Verlag Schreiber & Leser, doch ist diese bereits seit vielen Jahren vergriffen. Die *Hergé Werkausgabe* macht die Geschichten um das abenteuerlustige Trio den Fans von Hergé nun endlich wieder in deutscher Übersetzung zugänglich.

- HERGÉ -

DIE ABENTEUER VON JO, JETTE UND JOCKO

DIE GEHEIMNISVOLLEN STRAHLEN - 1. TEIL

DIE MANITOBA ANTWORTET NICHT

CARLSEN VERLAG

DIE MANITOBA ANTWORTET NICHT

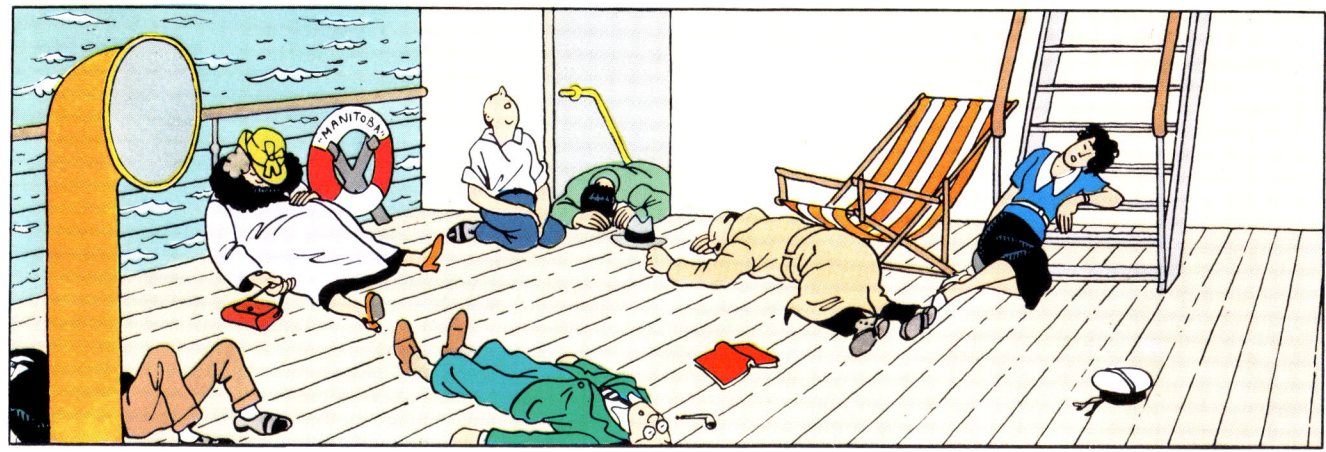

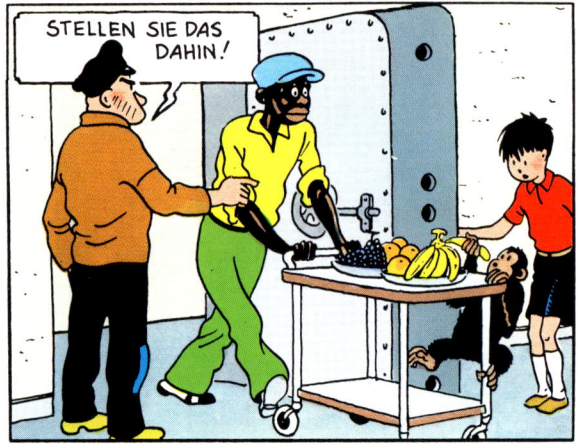

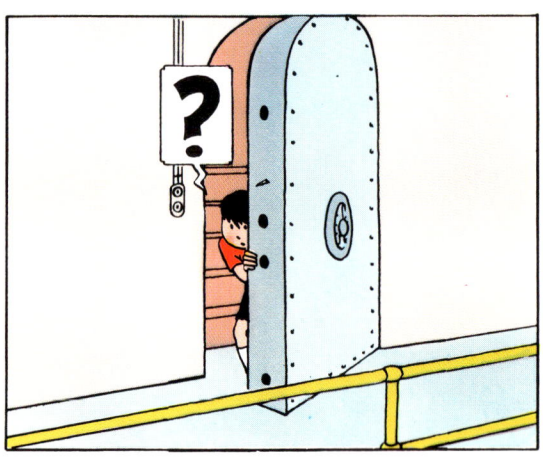

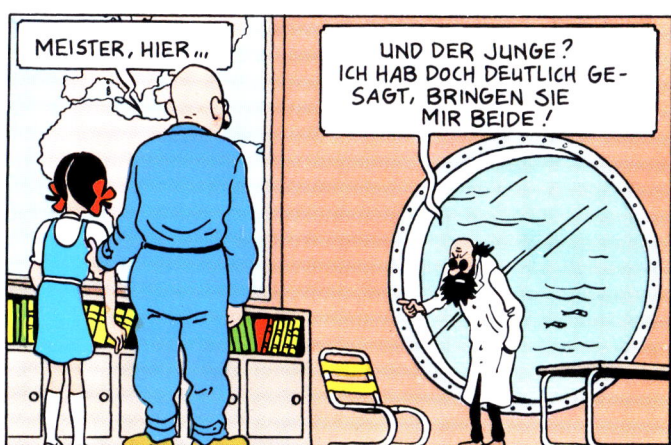

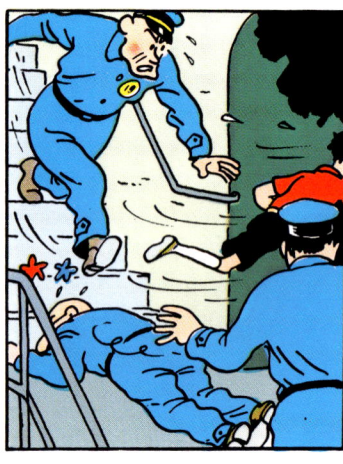

- 35 -

Panel 1: IHR STAUNT?... EIN AUTOMATISCHER MENSCH, DESSEN GENIALER ERFINDER ICH BIN!

Panel 2: IN MEINEM LAND HAT MAN SICH ÜBER MICH UND MEINE FORSCHUNG LUSTIG GEMACHT: SIE SAGTEN, ICH SEI VERRÜCKT. ICH HABE GESCHWOREN, MICH ZU RÄCHEN. MEINE RACHE WIRD SCHRECKLICH SEIN! SCHRECKLICH!

Panel 3: ...IN DIESER UNTERWASSERSTATION, DIE ICH SELBST ENTWORFEN HABE UND HEIMLICH BAUEN LIESS, HABE ICH MICH ANS WERK GEMACHT. EIN ERGEBNIS MEINER ARBEIT: DIESER ROBOTER!

Panel 4: ICH WERDE NOCH MEHR BAUEN. VIELE! ICH BRAUCHE EINE GANZE ARMEE, DANN MACHE ICH MICH ZUM HERRSCHER DER WELT!

Panel 5: ABER NOCH IST DIESES WESEN NICHT PERFEKT. ES MUSS SELBSTSTÄNDIG DENKEN UND HANDELN KÖNNEN. VORLÄUFIG KANN MAN ES NUR ÜBER FERNSTEUERUNG IN GANG BRINGEN...

Panel 6: NOCH BRAUCHE ICH ARMATUREN; ABER BALD WIRD DER TRAUM MEINES LEBENS WIRKLICHKEIT: ICH WERDE EIN LEBENDIGES LEBEN ERSCHAFFEN HABEN!

Panel 7: DAZU FEHLT MIR NOCH ETWAS UND DAS SOLLT IHR MIR LIEFERN!

Panel 8: IHR SOLLT MIR EUER...

Panel 9: ELENDES BIEST! DU LEBST NICHT MEHR LANGE!

Panel 10: JOCKO HAT DIE KNÖPFE GEDRÜCKT! — ICH HABE ANGST UM IHN!

?!?!
PANG
LAUF, JETTE! BRING DICH IN SICHERHEIT! ICH HALT DIE TÜR ZU, BIS JOCKO DIE APPARATE IN RUHE LÄSST!
DER ROBOTER WIRD SIE ZERQUETSCHEN!
JO, HILF MIR!

- 38 -

NA WARTE... DA!

DSING

Panel 1: OH, ER REGT SICH NICHT MEHR! JETTE, DIESMAL GEHEN WIR, EHE ER ZU SICH KOMMT!
DU SAGST ES, JO. MAN KÖNNTE UNS BESCHULDIGEN!

Panel 2: KOMM JETZT! SCHNELL!

Panel 3: MOMENT!... ES IST NOCH NICHT SO WEIT!... SIMSALABIMBAMBA...

Panel 4: ...SALADUSALADIM! AUF EINEM BAUM EIN KUCKUCK...

Panel 5: ER IST VERRÜCKT! SEIN GEHIRN HAT WAS ABGEKRIEGT!
LIEBER HIMMEL!
...RUFT'S AUS DEM WALD...!

Panel 6: ...UND AUF DER HEIDE, DA SUCH ICH MEINE...

Panel 7: ...ICH BIN EIN JÄGERSMANN!

Panel 8: (no dialogue)

Panel 9: WAS IST LOS? RAUS MIT DER SPRACHE!
ER... ER IST ÜBERGESCHNAPPT!

Panel 10: DIE BEWOHNER DER GEHEIMNISVOLLEN UNTERWASSERSTATION KOMMEN ZUR BERATUNG ZUSAMMEN...
FREUNDE! ALL DIE ENORMEN SCHÄTZE, DIE WIR BISHER EINBRACHTEN, SIND WIE SCHNEE IN DER SONNE DAHINGESCHMOLZEN! UNSER BISHERIGER CHEF STECKTE ALLES IN AUFWENDIGE UND UNNÜTZE VERSUCHE. SOGAR UNSERE LETZTE BEUTE VON DER „MANITOBA" IST SO GUT WIE FUTSCH!

JETZT HINDERT UNS NICHTS, AUF EIGENE RECHNUNG ZU ARBEITEN. WIR KÖNNEN MIT DEN V-STRAHLEN UMGEHEN UND MOTOREN AUSSER KRAFT SETZEN. AB HEUTE TEILEN WIR DIE BEUTE!... NOCH ETWAS: DIE BEIDEN GÖREN MÜSSEN WIR LOS-WERDEN!
DAS IST KEIN PROBLEM! WIR SCHICKEN SIE NACH HAUSE!
HAWK
27
15
SEHR SCHLAU! DAMIT SIE ALLES AUSPLAUDERN UND WIR INNERHALB VON ACHT TAGEN GEFASST WERDEN? SIE MÜS-SEN VERSCHWINDEN!
DU WILLST SIE DOCH NICHT ETWA...
HAWK
18
WARUM NICHT? DER HERR HABEN BEDENKEN? DIE HÄTTEST DU HABEN SOLLEN, BEVOR DU HIERHER KAMST. NUN IST ES ZU SPÄT!
HÖR ZU...
HAWK
18
... WIR SIND PIRATEN, GUT, ABER KEINE MÖRDER! UND WER IHNEN EIN HAAR KRÜMMT, KRIEGT ES MIT MIR ZU TUN! VERSTANDEN?
HAWK
18
UND DAS? HAST DU DAS VERSTANDEN?
NOCH WER... NIEMAND?... GUT!
HAWK
ALSO, BRINGT DIE GÖREN IN DIE SCHLEUSE!
VORWÄRTS!
JO!... JO!
HINEIN MIT EUCH!

- 42 -

... DASS DIE GERÄUSCHE DES MEERES, ENTGEGEN DER BISHER GELTENDEN THEORIE ...
ICH STELL DAS WASSER AB!
... DASS DIE GERÄUSCHE DIE FISCHE NICHT DARAN HINDERN ZU SCHLAFEN!
JETTE, GLEICH GEHT UNS DAS WASSER BIS AN DEN HALS!
WIR SIND VERLOREN!
UND DIES IST PUNKT ZWEI UNSERES WAHLPROGRAMMES!
VERBRECHER! HAST DU JETZT GENUG?
SCHON GUT... DU HAST GEWONNEN!... ICH GEBE AUF!
HEUCHLER!
NANU, WAS MACHE ICH HIER?
JETZT RECHNE ICH ENDGÜLTIG MIT DIR AB!

WAS SOLL DIE RAUFEREI?
?
WIE?... NICHT VERRÜCKT? DER TREFFER HAT IHN WIEDER ZUR VERNUNFT GEBRACHT!
NUN REDEN SIE DOCH!
OH... MOMENT, MEISTER!
WAS HAT ER?
HOFFENTLICH IST ES NICHT ZU SPÄT!
ICH VERLANGE EINE ERKLÄRUNG!
DER SCHUFT WOLLTE DIE KINDER ERTRÄNKEN! DAS WASSER SINKT JETZT, ABER VIELLEICHT BIN ICH ZU SPÄT GEKOMMEN!
DAS HAT ER GEWAGT?
DAS WASSER SINKT WIEDER, JETTE!
JO, WIR SIND GERETTET!
SIE LEBEN NOCH! UMSO BESSER!... UMSO BESSER!
WIE? NICHT VERRÜCKT?
HAWK
UND DU SCHURKE WIRST EINGESPERRT, BIS ICH MIR ÜBERLEGT HABE, WAS WIR MIT DIR MACHEN!

Panel 1: MEISTER, EIN FUNKSPRUCH! — WAS?

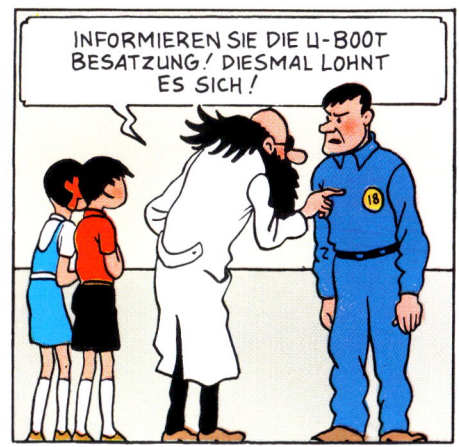

Panel 2: DAS PASSAGIERSCHIFF „WASHINGTON" VERLÄSST MORGEN NEW YORK MIT EINER LADUNG GOLD FÜR DIE BUNDESBANK...

Panel 3: INFORMIEREN SIE DIE U-BOOT BESATZUNG! DIESMAL LOHNT ES SICH!

Panel 4: IHR GEHT IN EUER ZIMMER! ICH RUFE EUCH, WENN ICH EUCH BRAUCHE!

Panel 5: HAST DU GEHÖRT? SIE WOLLEN DIE „WASHINGTON" AUSRAUBEN, WIE DIE „MANITOBA"! ES SIND DOCH PIRATEN! — PIRATEN!

Panel 6: FUNKRAUM — ?

Panel 7: DER FUNKRAUM! ICH LASSE EINE WARNUNG LOS! — NEIN, JO! WENN SIE DICH ERWISCHEN!

Panel 8: ICH MUSS ES VERSUCHEN, JETTE. ICH GEB AUCH DURCH, DASS WIR NOCH LEBEN. DENK AN VATIS UND MUTTIS FREUDE! — DU HAST RECHT!

Panel 9: NIEMAND DA. VORWÄRTS!

Panel 10: WÄHRENDDESSEN IN NEW YORK...

Panel 11: GUT BEWACHT WERDEN DIE FÄSSCHEN MIT DEM GELD AN BORD DER „WASHINGTON" GEBRACHT.

Panel 12: HERR KAPITÄN!

Panel 13: DIESEN FUNKSPRUCH HABE ICH EBEN AUFGEFANGEN!

Panel 14: SOS... VORSICHT... DIE „WASHINGTON" SOLL ÜBERFALLEN UND AUSGERAUBT WERDEN WIE DIE „MANITOBA"... HIER JO UND JETTE... SAGEN SIE UNSEREN ELT... — ALS OB ER UNTERBROCHEN WORDEN WÄRE!

FUNK-RAUM
AH! DA IST MEINE PFEIFE!
ICH WUSSTE JA, DASS ICH SIE DORT GELASSEN HATTE!
UFF, ER IST WEG!
IST MIR HEISS!
IN NEW YORK ...
ICH BENACH-RICHTIGE SOFORT DIE POLIZEI.
OHA! ... ICH GLAUBE, DAS IST KEIN SCHERZ! ... JO UND JETTE HOLM SIND ZWEI KINDER, DIE KÜRZLICH VERSCHWUN-DEN SIND, ALS SIE AM MEER FERIEN MACHTEN ...
ES SIEHT SO AUS, ALS WÄREN SIE GEFANGENE DER PIRATEN, DIE DIE „MANITOBA" AUSGERAUBT HABEN ... ICH WERDE VERANLAS-SEN, DASS MAN DIE ELTERN BENACHRICHTIGT.
SIE HABEN NICHTS ZU BEFÜRCHTEN. ICH BITTE DAS MARINEMINISTERIUM UM GE-LEITSCHUTZ FÜR DIE „WASHINGTON"; SO WERDEN PASSAGIERE UND GOLD SICHER SEIN.
WÄHREND-DESSEN IN EUROPA BEI DEN ELTERN VON JO UND JETTE ...
DRRING
HIER HOLM ...
POLIZEIPRÄSIDIUM - WIR HABEN EINE GUTE NACHRICHT FÜR SIE ... JA, DIE KINDER LEBEN ... EIN FERNSCHREIBEN AUS AMERIKA ... JA, ÄH ... ALSO ... MAN WEISS NICHT GENAU, WO SIE SICH BEFINDEN. NACH ANSICHT DER AMERIKANI-SCHEN POLIZEI SIND SIE ...
... GEFANGENE DER PIRATEN, DIE DIE „MANITOBA" GEPLÜNDERT HABEN.
MEINE ARMEN KINDER!

GEDULD, JETTE. IRGENDJEMAND MUSS UNSEREN FUNKSPRUCH AUFGEFANGEN HABEN. IN EIN PAAR TAGEN SIND WIR FREI.
DREI TAGE SPÄTER LÄUFT DIE „WASHINGTON" UNTER DEM SCHUTZ DES KREUZERS „EAGLE" MIT KURS AUF EUROPA DURCH DEN ATLANTIK ...
AUCH DAS U-BOOT DER PIRATEN IST UNTERWEGS ...
DA IST SIE! ... VERDAMMT, SIE WIRD VON EINEM KREUZER BEGLEITET!
ICH GLAUBE NICHT, DASS SIE DIE „WASHINGTON" ANGREIFEN, WENN WIR IN DER NÄHE SIND!
JETZT GIBT'S WAS ZU LACHEN! HALLO, V-STRAHLEN, MARSCH!
TUUUT
DIE SIRENE DER „WASHINGTON"! IHRE MASCHINEN HABEN AUSGESETZT!
UNSERE STOPPEN AUCH!
UND JETZT DAS „SANDMÄNNCHEN"!
TUUUT

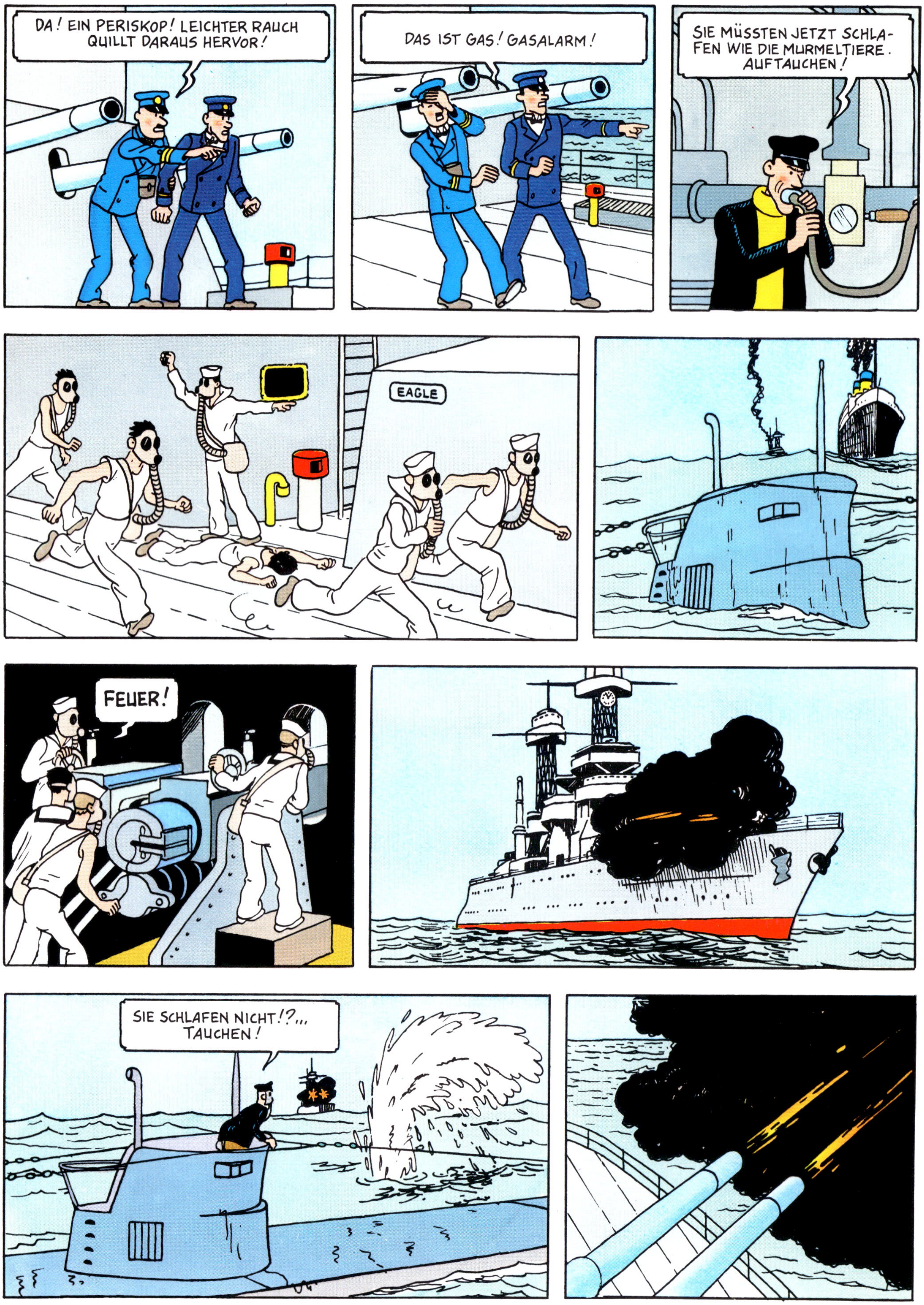
DA! EIN PERISKOP! LEICHTER RAUCH QUILLT DARAUS HERVOR!
DAS IST GAS! GASALARM!
SIE MÜSSTEN JETZT SCHLAFEN WIE DIE MURMELTIERE. AUFTAUCHEN!
EAGLE
FEUER!
SIE SCHLAFEN NICHT!?... TAUCHEN!

SIE TAUCHEN! IHR COUP IST MISSLUNGEN!	DA SIND SIE WIEDER. DIREKT NEBEN DER „WASHINGTON".	

SO KÖNNEN WIR SIE NICHT BESCHIESSEN! DAS RISIKO IST ZU GROSS. WIR KÖNNEN NICHT MEHR EINGREIFEN!

DAS IST DAS LETZTE.

GUT, KOMMT HERUNTER!

SIE TAUCHEN ... JETZT SIND SIE WEG ... DIESE SCHURKEN!

NOCH EIN BISSCHEN GEDULD, JETTE! JETZT SIND DIE PIRATEN SICHER SCHON GEFASST. SIE WERDEN KOMMEN UND UNS BEFREIEN!

MEINST DU?

- 49 -

Panel	Text
1	EINIGE STUNDEN SPÄTER...
2	DER CHEF WIRD ZUFRIEDEN SEIN; DIE ERNTE IST GUT: EIN VERMÖGEN BRINGEN WIR IHM DA!
3	WIR SIND DA! FERTIG ZUM MANÖVER. TAUCHEN!
7	UND DAS GOLD? — WIR HABEN ES, MEISTER.

— 50 —

WIR HABEN ES, ABER ES WAR NICHT GANZ LEICHT.	MACHEN SIE DAS FÄSSCHEN AUF!	DAS IST DOCH KEIN GOLD! — EISENFEILSPÄNE!
DUMMKOPF! SIE SIND EIN DUMMKOPF!	UNSERE BOTSCHAFT HAT DOCH ETWAS GENÜTZT!	WIR MÜSSEN VERRATEN WORDEN SEIN, MEISTER: DIE „WASHINGTON" WURDE VON EINEM KREUZER BEGLEITET, DER UNS VERSENKEN WOLLTE; DAS GOLD WURDE DURCH EISENSTAUB ERSETZT... SCHLUSSFOLGERUNG... VERRAT!
...ABER DAS IST DOCH UNMÖGLICH! — DURCHAUS NICHT!	ICH BIN ÜBERZEUGT, DASS MAN UNS MIT HILFE DES FUNKGERÄTES HÄTTE VERRATEN KÖNNEN!	ÜBER FUNK, RICHTIG! ÜBER FUNK! ABER DANN HABEN WIR IHN!
! HAST DU GEHÖRT?	DANN HABEN WIR IHN! KOMMEN SIE!	BEWUNDERN SIE EINE MEINER KLEINEN ERFINDUNGEN! FUNKRAUM

- 52 -

WÄHRENDDESSEN IN NEW YORK ...
NACH EUROPA? IN DREI TAGEN LÄUFT DIE „OHIO" AUS.
IGHEID
COMFORT
DREIMAL ERSTER KLASSE NACH BREMEN.
„NEW YORK HERALD"... EXTRABLATT! NACH DER „MANITOBA" JETZT DIE „WASHINGTON"!
EEN-STAR
EUROPA
... NEUES PIRATENSTÜCK AUF DEM ATLANTIK!
REEN STAR LINE
... AUFGRUND VON HINWEISEN HATTE MAN AUF DER „WASHINGTON" DAMIT GERECHNET ...
BBC
BEZOEKT EUROPA
GREEN STAR LIN
Kreuzfahrt
EUROPA
DIE DIREKTOREN ALLER SCHIFFFAHRTSLINIEN ERÖRTERN ZUR STUNDE MÖGLICHE SCHUTZMASSNAHMEN ...
EINE KATASTROPHE, MEINE HERREN! NACH DEM ÜBERFALL AUF DIE „MANITOBA" GING DIE ZAHL DER PASSAGIERE ZURÜCK - AB HEUTE WIRD ES KEINE PASSAGIERE MEHR GEBEN! DAS IST DER RUIN!
WOLLEN WIR ES DULDEN, MEINE HERREN, DASS IM 20. JAHRHUNDERT PIRATEN DIE MEERE BEHERRSCHEN WIE ZU ZEITEN DER BARBAREN? DAS WÄRE EINE SCHANDE FÜR UNSERE ZIVILISATION! ZUGLEICH FRAGEN WIR UNS: WAS UNTERNIMMT DIE REGIERUNG?
MARINEMINISTERIUM ... JAWOHL, HERR MINISTER ... ZWEI STAFFELN WASSERFLUGZEUGE SIND STARTBEREIT ... SIE WERDEN DAS U-BOOT ORTEN UND ZERSTÖREN ... SIE KÖNNEN STARTEN? ... DANKE!
DIE KNIRPSE? ... SIE GINGEN IN RICHTUNG AMPHIBIENHALLE ...

MACH SCHNELL, JO!
DA BIN ICH!
JO, KANNST DU DENN DAS KOMISCHE DING STEUERN?
MUSS ICH DOCH. SCHEINT NICHT SCHWIERIGER ZU SEIN ALS EIN AUTO.
WAS WOLLEN SIE DENN BEI DEN AMPHIBIEN-FAHRZEUGEN?
UND DAS TOR, JO?
?
HURRA, ES GEHT AUTOMATISCH AUF, WENN DIE HALLE VOLL WASSER IST!
WAS WIRD DER CHEF SAGEN?

BEIM HEILIGEN OHM! VERFOLGT SIE! FANGT SIE! BRINGT SIE UM!		ER LÄSST DICH FREI, WENN DU DIE GÖREN FINDEST – TOT ODER LEBENDIG! / NA PRIMA!
	HALT DICH FEST, DER BODEN IST SEHR UNEBEN!	ERST MUSS DAS WASSER ABGELAUFEN SEIN!

- 55 -

UND JETZT VORWÄRTS!
IHRE SPUR IST DEUTLICH ZU SEHEN!
WIR SIND SCHON AUF 450 METER TIEFE!
SCHON?
ES GEHT IMMER NOCH BERGAB, JO!
NOCH 50 METER UND SIE WERDEN VOM WASSERDRUCK ERDRÜCKT!
SIE AHNEN JA NICHT, DASS DIE DINGER KEINEN STÄRKEREN DRUCK AUSHALTEN!
NUR MUT, JETTE!
JO, SIEH MAL, DIE MESS-UHR! SOLLTE DAS...

- 57 -

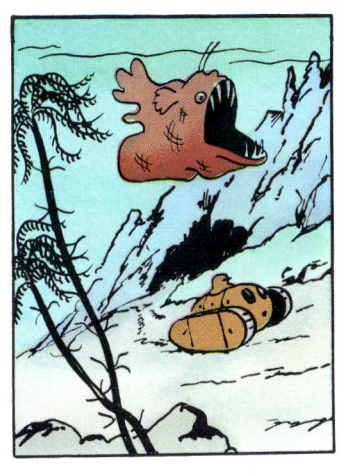

IN EIN PAAR MINUTEN SIND SIE IN UNSERER GEWALT!
WENN ICH NUR AN DIESES GERÄT KÄME!
JETZT SEHE ICH SIE!
INS SCHWARZE GETROFFEN!

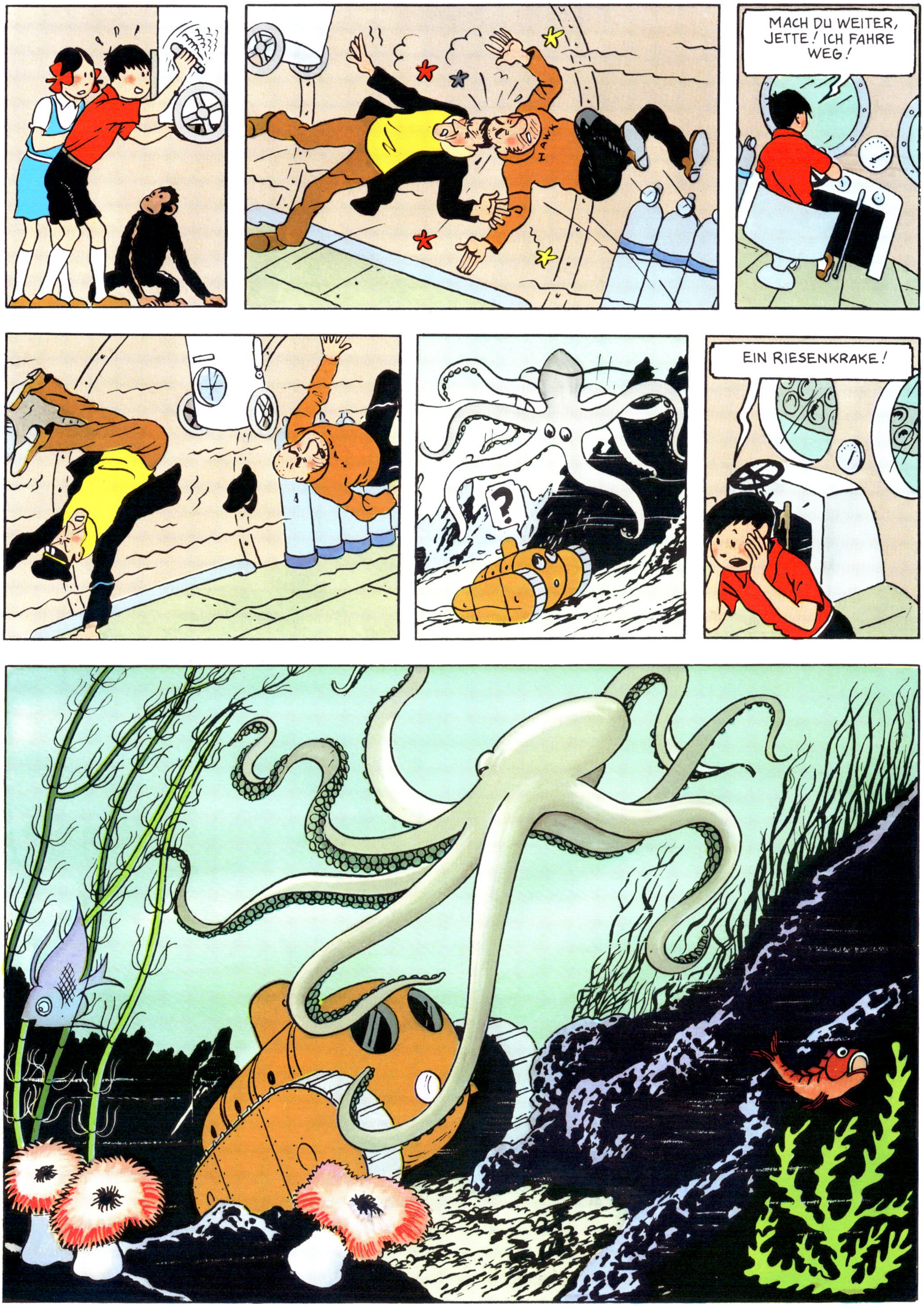
MACH DU WEITER, JETTE! ICH FAHRE WEG!
?
EIN RIESENKRAKE!

ECHTER BLAUER HIMMEL!

WEISST DU, WO WIR SIND, JO?

KEINE AHNUNG! WIR WERDEN DIE GEGEND ERKUNDEN.

ES SCHEINT EINE EINSAME INSEL ZU SEIN!

- 61 -

Panel	Text
1	WÄHRENDDESSEN...
2	MEISTER, DIE BESATZUNG DES PANZERS NR. 2!
3	SIE SIND UNS ENTKOMMEN. — VERDAMMT!
4	VERFOLGT SIE MIT DEM U-BOOT! UND WEHE EUCH, WENN IHR SIE NICHT ERWISCHT!
5	AUF DER INSEL... HEUTE ABEND VERSUCHEN WIR ZU FLIEHEN!
7	HAM!... HAM-HAM! — PRIMA, DAS ESSEN!
8	SIE SIND GAR NICHT SO SCHLIMM... — DU SAGST ES, UNSERE ANGST WAR UMSONST.
9	HAM-HAM! HAM-HAM! — ES WAR KÖSTLICH, VIELEN DANK, ABER ICH KANN NICHT MEHR.
10	HAM-HAM!... HAM-HAM! NOMA!... NOMA!... FIELI... FIELI! — NEIN DANKE, WIRKLICH!
11	HAM-HAM!... RRAKRWKZ KWAM! HAM-!... NOMA!

?
?
ICH VERSTEHE! SIE WOLLEN UNS ERST MÄSTEN UND DANN ESSEN!
MENSCHENFRESSER! WIE SCHRECKLICH!
EINIGE TAGE SPÄTER ...
GUDDI! ... GUDDI! ... FÄTFÄT! ... HAM-HAM!
OKE O RWA!
JO! ... HILFE! SIE FRESSEN MICH!
?

	AFFEN! EINE GANZE HORDE AFFEN!
	JOCKO! JOCKO! ER HAT UNS GERETTET! ER HAT DIE AFFEN GEHOLT!

SCHNELL, WEG HIER!

ZACK

SIE KOMMEN!

- 65 -

Panel 2:
- DU, JETTE, ICH GLAUBE, WIR HABEN SIE GEZÄHMT! STEIGEN WIR AUS?
- ICH BIN DAFÜR!

Panel 4:
- NA SO WAS, JETTE, WIE FREUNDLICH SIE UNS JETZT AUFNEHMEN!
- SIE SIND SEHR LIEBENSWÜRDIG!

Panel 5:
- OM IST!... GUDDDI-TABU,... OGH! KIRIKI-POM! KORO POKO! ... NIMA HAM-HAM ... TABU! GUDDI-TABU!
- WAS SAGT ER?
- ICH GLAUBE, ER SAGT, WIR SIND „TABU", ALSO HEILIG!

Panel 6:
- ES IST JA SEHR NETT, DASS SIE UNS SO SCHMÜCKEN. ABER WAS WIRD AUS UNS AUF DIESER INSEL?

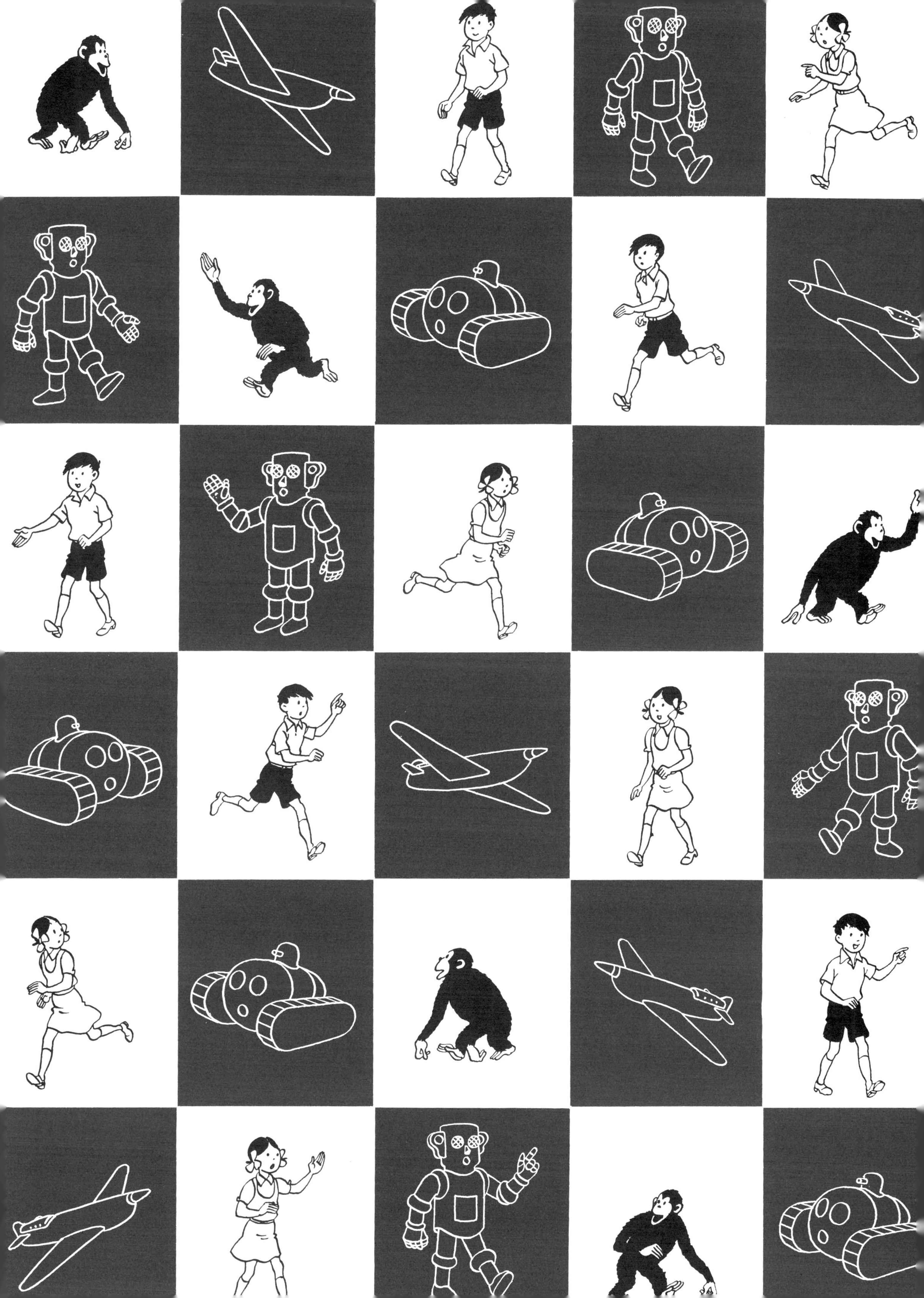

HERGÉ

Die Abenteuer von Jo, Jette und Jocko

Die geheimnisvollen Strahlen - 2. Teil

DER AUSBRUCH DES KARAMAKO

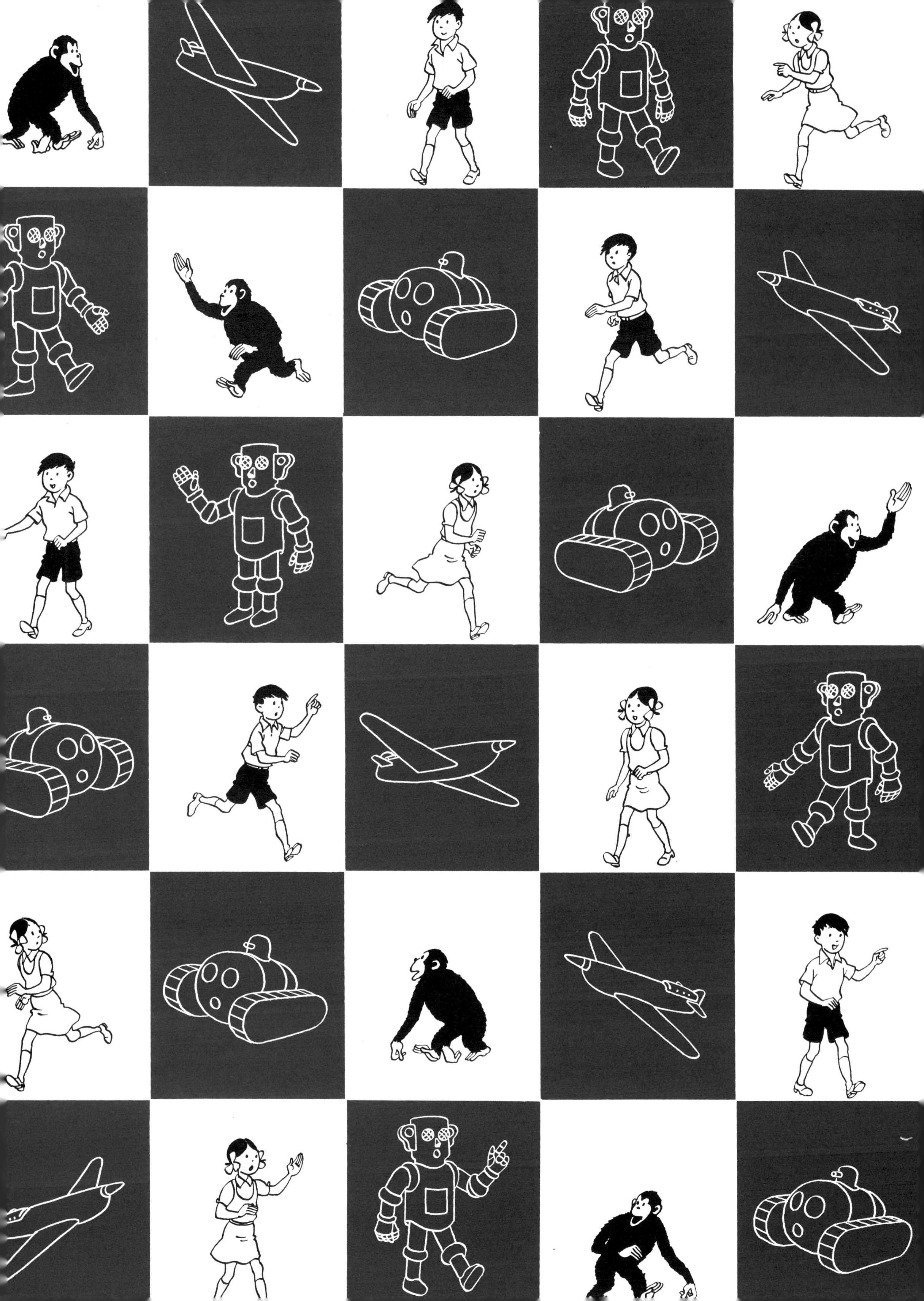

- HERGÉ -

DIE ABENTEUER VON JO, JETTE UND JOCKO

DIE GEHEIMNISVOLLEN STRAHLEN - 2. TEIL

DER AUSBRUCH DES KARAMAKO

CARLSEN VERLAG

DER AUSBRUCH DES KARAMAKO

Panel	Text
1	(binoculars view of beach with barrel)
2	ABER... DIE KINDER SEHE ICH NICHT! WO KÖNNEN SIE SEIN?
3	(native running with spear)
4	O RWA! NOMÄ BOOTO PIFF-PAFF! / WAS!?
5	RWA, KOMA KUCKI!
6	OH!
7	DIEGO, DU BLEIBST HIER UND PASST AUF DAS BOOT UND DEN PANZER AUF!
8	VORWÄRTS! UND WENN IHR DIE KNIRPSE SEHT, SCHIESST IHR!
9	(two men walking)
10	NANU, WO IST WILL? / GEH ZURÜCK UND HOL IHN! ICH WARTE HIER.
11	(man waiting)
12	WO BLEIBEN DIE BEIDEN NUR?
13	(native clubs the man)

Panel 1	Panel 2	Panel 3
!	?	EIN SCHUSS! DANN KLAPPT JA ALLES!
	PANG	

EIN SCHUSS! SIE HABEN SIE ALSO GEFUNDEN!	GUT, JETZT HABEN WIR WAFFEN. WEHE, WENN NOCH MEHR AUSSTEIGEN UND UNS FANGEN WOLLEN!	EIN SCHLAG MIT DER KEULE! / BEI MIR AUCH! / EBENFALLS.	UNFASSBAR, SIE SIND SCHON SEIT VIER STUNDEN FORT!

EIN GEWITTER?... DABEI IST DER HIMMEL KLAR. WAS IST DA LOS?	BUA! WEIO! / BUA!	DER VULKAN BRICHT AUS!	DER VULKAN! / DAS IST DAS ENDE!

	?	TAUCHEN!

— 75 —

| | MEIN GOTT! UND DIE GEFANGENEN...? WORAUF WILLST DU HINAUS?!? | DIE DREI PIRATEN! SIE SIND GEFESSELT! SIE WERDEN STERBEN, WENN ICH SIE NICHT LOSMACHE! JO, LASS DAS! DU WIRST SELBST UMKOMMEN! |

| | LIEBER GOTT, HILF MEINEM BRUDER! | SIE WAREN NICHT MEHR DA!... WER HAT SIE WOHL BEFREIT? |

| JETTE? | JETTE?... JETTE! | MEINE ARME JETTE! WO IST SIE? ICH BIN SCHULD! ICH HÄTTE NICHT WEGGEHEN DÜRFEN! |

| DER STEINREGEN HAT AUFGEHÖRT. ICH... | DIE LAVA...! | |

- 76 -

JETTE!... JETTE!
DAS GIBT EINE TOLLE FILMREPORTAGE FÜR DIE „METROPOLIS“!
IBIS 34 - METROP
EIN FLUGZEUG!
HE! DA IST EIN MENSCH IM WASSER!
SIE HABEN MICH GESEHEN! HURRA!
OLIS-FILMS
DA HAST DU NOCH EINMAL GLÜCK GEHABT, KLEINER. EINE MINUTE NOCH, UND DIE GLÜHENDE LAVA HÄTTE DAS WASSER ERREICHT! DU WÄRST LEBEND GEKOCHT WORDEN WIE EIN HUMMER!
WAS MACHST DU ÜBERHAUPT SO ALLEIN AUF DER INSEL? WIE HEISST DU?
JO HOLM...
WARST DU NICHT VON PIRATEN GEFANGEN?
JA... ABER WO FLIEGEN WIR DENN HIN?

Panel	Text
1	Hier IBIS 34 Hier IBIS 34 Hier IBIS 34 Hier IBIS 34
2	HIER IBIS 34, AUF 38°25' W.L. UND 24°12' N.BR. HABEN VULKANAUSBRUCH KARAMAKO GEFILMT UND EINEN KLEINEN GEFANGENEN DER PIRATEN AUFGEFISCHT...
3	FLIEGEN NACH NEW YORK MIT ZWISCHENLANDUNG AUF BERMUDAS. AN BORD ALLES IN ORDNUNG...
4	BERMUDAS? HA! DANN KOMMT IHR HIER VORBEI UND DIE V-STRAHLEN KÖNNEN WIRKEN!
5	ICH WILL NICHT NACH NEW YORK! ICH WILL MEINE SCHWESTER SUCHEN!
6	WAS IST LOS? — EINE PANNE!
7	(no text)
8	DAS MEER IST RUHIG, WIR KÖNNEN VERSUCHEN, DIE KISTE ZU REPARIEREN.
9	ES KANN NUR EINE KLEINE STÖRUNG SEIN!
10	ARME JETTE! WAS IST NUR MIT IHR GESCHEHEN?
11	UNVERSTÄNDLICH! ES MÜSSTE EIGENTLICH ALLES FUNKTIONIEREN!
12	DA GIBT'S NUR EINS, MEIN ALTER: SOS FUNKEN UND HILFE ABWARTEN. — NA GUT!

NUN? WIE SIEHT ES AUS?
DAS FUNKGERÄT GEHT NICHT MEHR!
WAS...?
DER MOTOR AUSGEFALLEN, DAS FUNKGERÄT KAPUTT... DAS SIND DIE PIRATEN!
DIE PIRATEN!?
JETZT WERDEN SIE SICH FRAGEN, WAS LOS IST... WENN NUR ERST DAS U-BOOT HIER WÄRE! ICH WÜRDE ES GLEICH LOSSCHICKEN, SIE ZU VERSENKEN!
WAS NUN? HEIMFAHREN?... GESTEHEN, DASS WIR DIE GÖREN NICHT GEFUNDEN, ABER VIER MANN VERLOREN HABEN? ICH TRAU MICH NICHT!
...SIE HÖRTEN SOEBEN DIE WETTERVORHERSAGE...
PRIMA! WENN DIE STIMMT, BRAUCHEN WIR KEIN U-BOOT, UM SIE ZU VERSEN-KEN!
DAS SIEHT ÜBEL AUS. ES KOMMT STURM AUF!

Währenddessen in New York...

Hallo? Ibis 34?... Hallo?... Ibis 34?... Ibis 34...?

Wir sind verloren!

Ibis 34 antwortet nicht mehr!

Ausgeschlossen! Rufen Sie weiter!

Hallo Ibis 34?... Hallo?... Ibis 34, bitte melden Sie sich...

Ruft ihr Hallo, ich blas Halali!

Am nächsten Morgen...

Es gibt noch keine neue Nachricht vom Flugzeug Ibis 34 mit Richards, Brown und Jo Holm an Bord...

...Man ist sehr um Sie besorgt, da heute Nacht ein heftiger Sturm in dem Gebiet getobt hat. Die Suche nach den Verschollenen wird aufgenommen...

Ihre letzte Position war 38°25' W.L., 24°12' N. Br. Der Sturm blies von Westen, wir suchen also östlich von diesem Punkt!

Glaubst du, dass wir sie finden werden?

Offen gestanden, nein. Es gibt kaum Hoffnung.

- 80 -

- 81 -

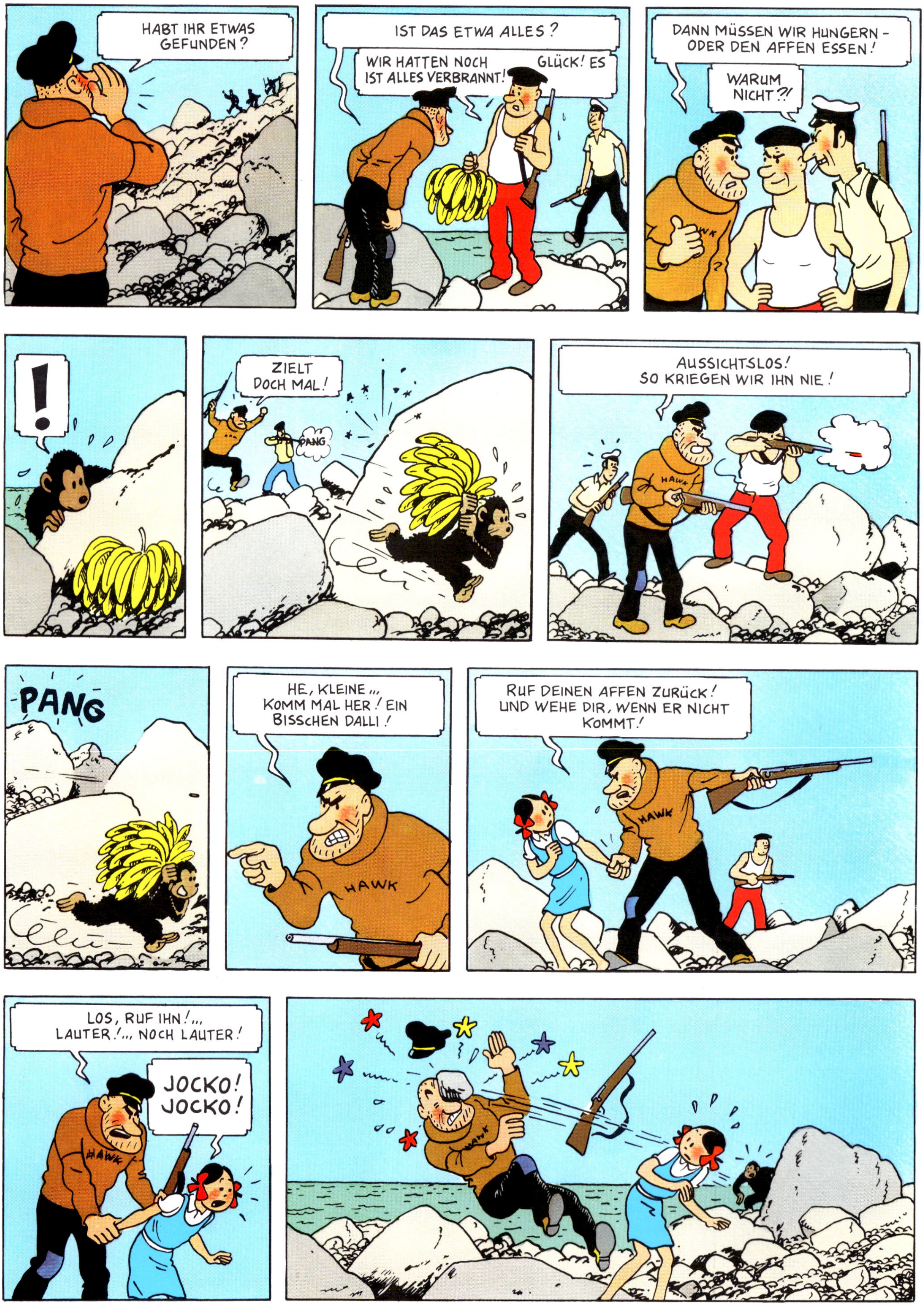
HABT IHR ETWAS GEFUNDEN?
IST DAS ETWA ALLES?
WIR HATTEN NOCH GLÜCK! ES IST ALLES VERBRANNT!
DANN MÜSSEN WIR HUNGERN – ODER DEN AFFEN ESSEN!
WARUM NICHT?!
!
ZIELT DOCH MAL!
PANG
AUSSICHTSLOS! SO KRIEGEN WIR IHN NIE!
PANG
HE, KLEINE ... KOMM MAL HER! EIN BISSCHEN DALLI!
RUF DEINEN AFFEN ZURÜCK! UND WEHE DIR, WENN ER NICHT KOMMT!
LOS, RUF IHN! ... LAUTER! ... NOCH LAUTER!
JOCKO! JOCKO!

ER IST SCHON WIEDER VER-SCHWUNDEN!
ARMER JOCKO! SIE WERDEN IHN TÖTEN!
ER IST DORTHIN GELAUFEN!
SO EIN AFFENVIECH! HIER KANN ER MIR NICHTS AN-HABEN...
WÄHRENDDESSEN...
WOW!
DAS U-BOOT!

- 84 -

Panel	Text
1	GEDULD! WIR WERDEN BESTIMMT SCHON GESUCHT!
2	EIN WASSERFLUGZEUG! HURRA!
3	*(kein Text)*
4	*(kein Text)*
5	*(kein Text)*
6	GERETTET, JO! DIESMAL KRIEGEN DICH DIESE PIRATEN NICHT WIEDER.
7	FRAGEN SIE, OB SIE NOCH NICHTS GEFUNDEN HABEN!
8	ANTWORTEN SIE: IBIS 34 GEORTET, MILITÄR-WASSERFLUGZEUG HAT NEBEN IHM AUFGESETZT. WAS SOLLEN WIR TUN?
9	GEBEN SIE DURCH: „ZERSTÖRT BEIDE, WENN ES NICHT ANDERS GEHT, ABER BRINGT DEN JUNGEN!"
10	ALSO VORWÄRTS!... „SANDMÄNNCHEN"!
11	*(kein Text)*
12	WAS IST LOS? ICH KANN DOCH JETZT NICHT EINSCHLAFEN!? ICH BIN MÜDE...

Panel	Text
1	(kein Text)
2	DAS RETTUNGSFLUGZEUG ANTWORTET NICHT MEHR! — WIE? DAS AUCH NICHT MEHR?!
3	MELDEN SIE DEM CHEF: BEFEHL AUSGEFÜHRT, WIR KOMMEN ZURÜCK! — GUT!
4	ENDLICH KANN ICH MEINE VERSUCHE WEITER FORTFÜHREN!
5	(kein Text)
6	AM FOLGENDEN TAG... WAS IST GESCHEHEN?... ICH BIN WIEDER GEFANGEN!
7	JA, SCHON WIEDER, MEIN LIEBER KLEINER FREUND, UND DIESMAL ENTKOMMST DU MIR NICHT!
8	BRINGEN SIE IHN HINAUF! SIE WISSEN JA, WOHIN. — JA.
9	(kein Text)
10	WÄHRENDDESSEN... WAS IST PASSIERT?... UND WO IST DER KLEINE?... JO!
11	HIER RETTUNGSFLUGZEUG. HABEN IBIS 34 GEFUNDEN. BESATZUNG WOHLAUF. JO HOLM ABERMALS VON PIRATEN ENTFÜHRT!

Panel 1: (no dialogue)

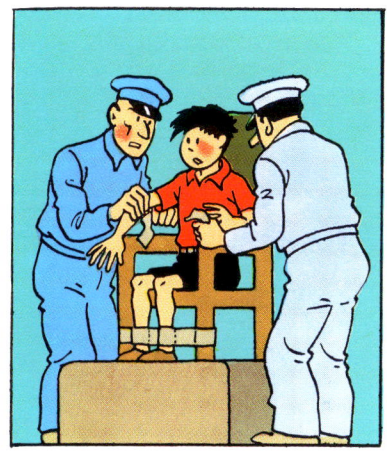

Panel 2: DU HAST DIE EHRE, DER GRÖSSTEN WISSENSCHAFTLICHEN ENTDECKUNG DER NEUZEIT ZU DIENEN.

Panel 3: FERTIG... LOS!

Panel 4: ...ES GEHT UM DIE ÜBERTRAGUNG DES GEISTES! ICH WERDE DEINEN GEIST IN DEN KÖRPER DES ROBOTERS BEFÖRDERN!

Panel 5: IN WENIGEN MINUTEN WIRD DER TRAUM MEINES LEBENS WIRKLICHKEIT: ICH WERDE EIN LEBENDIGES WESEN ERSCHAFFEN HABEN! EIN GUMMIHERZ WIRD IN EINER STÄHLERNEN BRUST SCHLAGEN!... O ALLMACHT DER WISSENSCHAFT!

ELF SEKUNDEN UND DAS WUNDER IST VOLLBRACHT!
SO... NUN KANN ICH DEN STROM ABSTELLEN!
FERTIG!
UFF, ICH ATME AUF...!
ER REDET! ATMET! KOMM IN MEINE ARME, GELIEBTER ROBOTER!
PSSCH

| | MUSS ICH NOCH LANGE SO SITZEN BLEIBEN? |

ES IST MISSGLÜCKT!... ICH MUSS WIEDER VON VORNE ANFANGEN!

WÄHRENDDESSEN IN NEW YORK...
UNERHÖRT!... IBIS 34 UND DAS MILITÄRFLUGZEUG, BEIDE OPFER DER PIRATEN! UND DER KLEINE JO ENTFÜHRT! IN UNSERER ZEIT! UNGLAUBLICH!

ICH BITTE SIE, MEINE HERREN! ES IST DOCH NICHT ZU FASSEN, DASS SO ETWAS HEUTE NOCH MÖGLICH IST! ICH FINDE DAS VERSAGEN DER BEHÖRDEN GROTESK! WAS TUT DIE REGIERUNG? WELCHE MASSNAHMEN HAT SIE BESCHLOSSEN?... NUN?...

UNSERE VORRÄTE SIND ERSCHÖPFT. WENN NIEMAND KOMMT, JOCKO, MÜSSEN WIR VERHUNGERN.

METROPOLIS FILMS

DER DIREKTOR SIEHT SICH DEN FILM DER IBIS 34 VOM AUSBRUCH DES KARAMAKO AN.

STOPP! HALTEN SIE DAS BILD AN!

Panel 1:
— SEHEN SIE DOCH MAL!
— SIEHT AUS WIE EIN PANZER!

Panel 2:
— LASSEN SIE SOFORT ABZÜGE MACHEN! UND MELDEN SIE MICH BEIM MARINEMINISTER AN: ICH HABE IHM ETWAS WICHTIGES MITZUTEILEN!

Panel 3:
— DER HERR MINISTER ERWARTET SIE. BITTE, TRETEN SIE EIN!

Panel 4:
— DAS SIEHT TATSÄCHLICH WIE EIN AMPHIBIENPANZER AUS!
— DAS IST GEWISS DAS FAHRZEUG, VON DEM JO DEM PILOTEN ERZÄHLT HAT. ES GEHÖRT DEN PIRATEN!

Panel 5:
— ICH SCHICKE SOFORT EINE STAFFEL HIN. WENN WIR DEN PANZER HABEN, ENTDECKEN WIR VIELLEICHT ETWAS... HALLO...?

Panel 7:
— WIR KÖNNEN NICHT HIER BLEIBEN. WIR WERDEN VERHUNGERN!

Panel 8:
— WIR MÜSSEN VERSUCHEN, WOANDERS LAND ZU FINDEN!

Panel 11:
— AUF GEHT'S! DER HIMMEL MÖGE UNS BESCHÜTZEN!

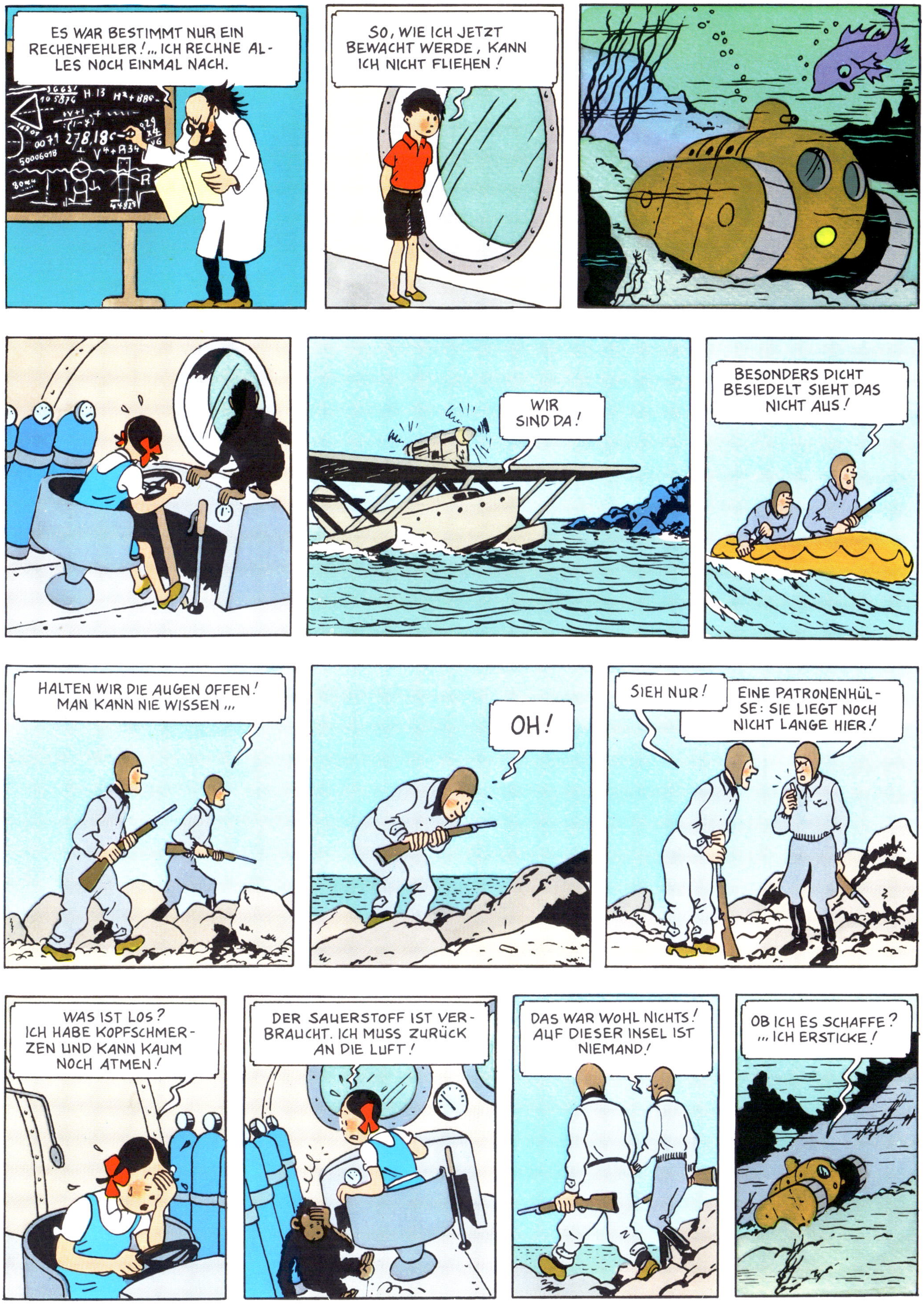
ES WAR BESTIMMT NUR EIN RECHENFEHLER!... ICH RECHNE ALLES NOCH EINMAL NACH.
SO, WIE ICH JETZT BEWACHT WERDE, KANN ICH NICHT FLIEHEN!
WIR SIND DA!
BESONDERS DICHT BESIEDELT SIEHT DAS NICHT AUS!
HALTEN WIR DIE AUGEN OFFEN! MAN KANN NIE WISSEN...
OH!
SIEH NUR!
EINE PATRONENHÜLSE: SIE LIEGT NOCH NICHT LANGE HIER!
WAS IST LOS? ICH HABE KOPFSCHMERZEN UND KANN KAUM NOCH ATMEN!
DER SAUERSTOFF IST VERBRAUCHT. ICH MUSS ZURÜCK AN DIE LUFT!
DAS WAR WOHL NICHTS! AUF DIESER INSEL IST NIEMAND!
OB ICH ES SCHAFFE? ... ICH ERSTICKE!

- 92 -

- 93 -

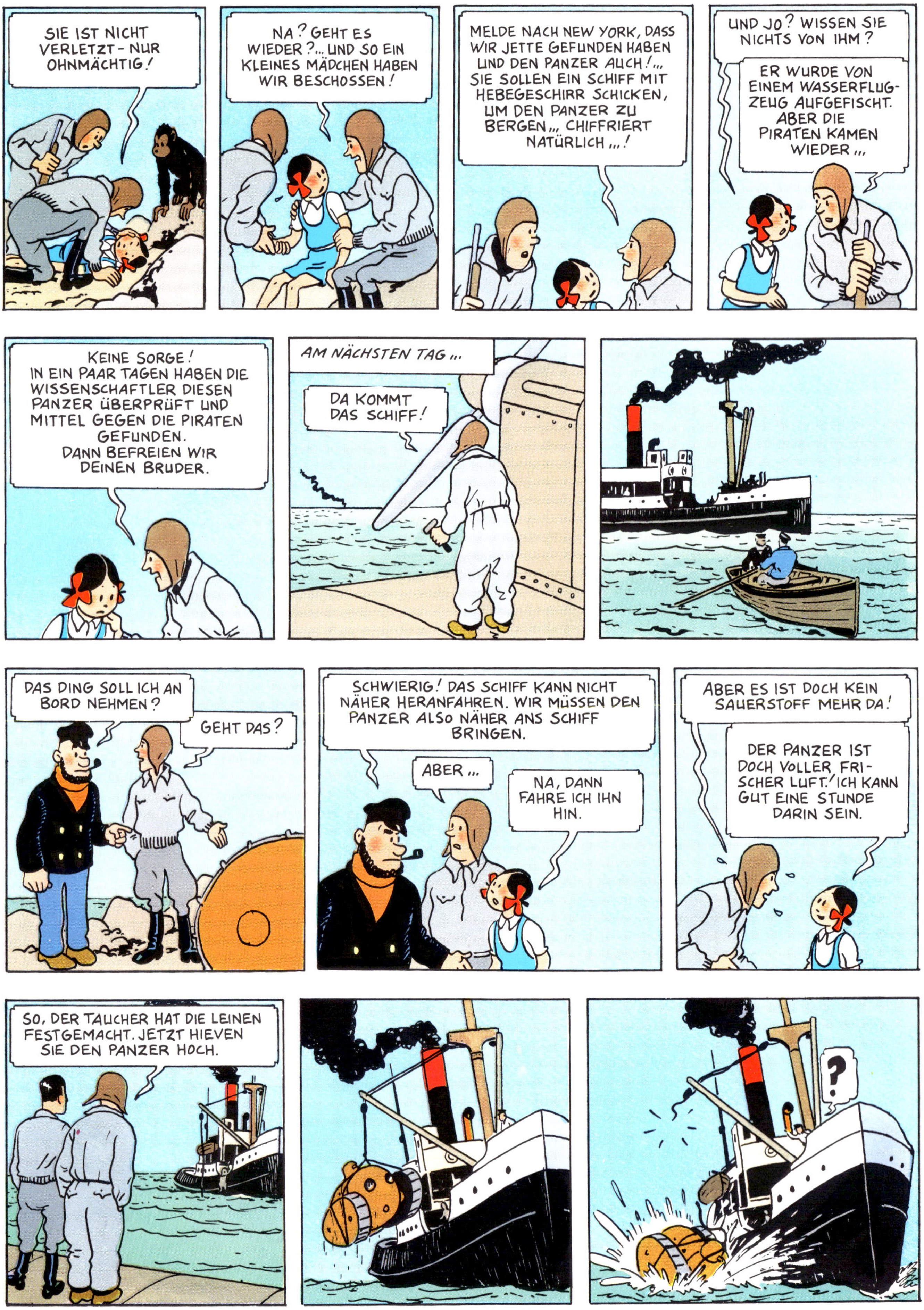
SIE IST NICHT VERLETZT - NUR OHNMÄCHTIG!
NA? GEHT ES WIEDER?... UND SO EIN KLEINES MÄDCHEN HABEN WIR BESCHOSSEN!
MELDE NACH NEW YORK, DASS WIR JETTE GEFUNDEN HABEN UND DEN PANZER AUCH!... SIE SOLLEN EIN SCHIFF MIT HEBEGESCHIRR SCHICKEN, UM DEN PANZER ZU BERGEN... CHIFFRIERT NATÜRLICH...!
UND JO? WISSEN SIE NICHTS VON IHM?
ER WURDE VON EINEM WASSERFLUGZEUG AUFGEFISCHT. ABER DIE PIRATEN KAMEN WIEDER...
KEINE SORGE! IN EIN PAAR TAGEN HABEN DIE WISSENSCHAFTLER DIESEN PANZER ÜBERPRÜFT UND MITTEL GEGEN DIE PIRATEN GEFUNDEN. DANN BEFREIEN WIR DEINEN BRUDER.
AM NÄCHSTEN TAG...
DA KOMMT DAS SCHIFF!
DAS DING SOLL ICH AN BORD NEHMEN?
GEHT DAS?
SCHWIERIG! DAS SCHIFF KANN NICHT NÄHER HERANFAHREN. WIR MÜSSEN DEN PANZER ALSO NÄHER ANS SCHIFF BRINGEN.
ABER...
NA, DANN FAHRE ICH IHN HIN.
ABER ES IST DOCH KEIN SAUERSTOFF MEHR DA!
DER PANZER IST DOCH VOLLER FRISCHER LUFT! ICH KANN GUT EINE STUNDE DARIN SEIN.
SO, DER TAUCHER HAT DIE LEINEN FESTGEMACHT. JETZT HIEVEN SIE DEN PANZER HOCH.
?

- 95 -

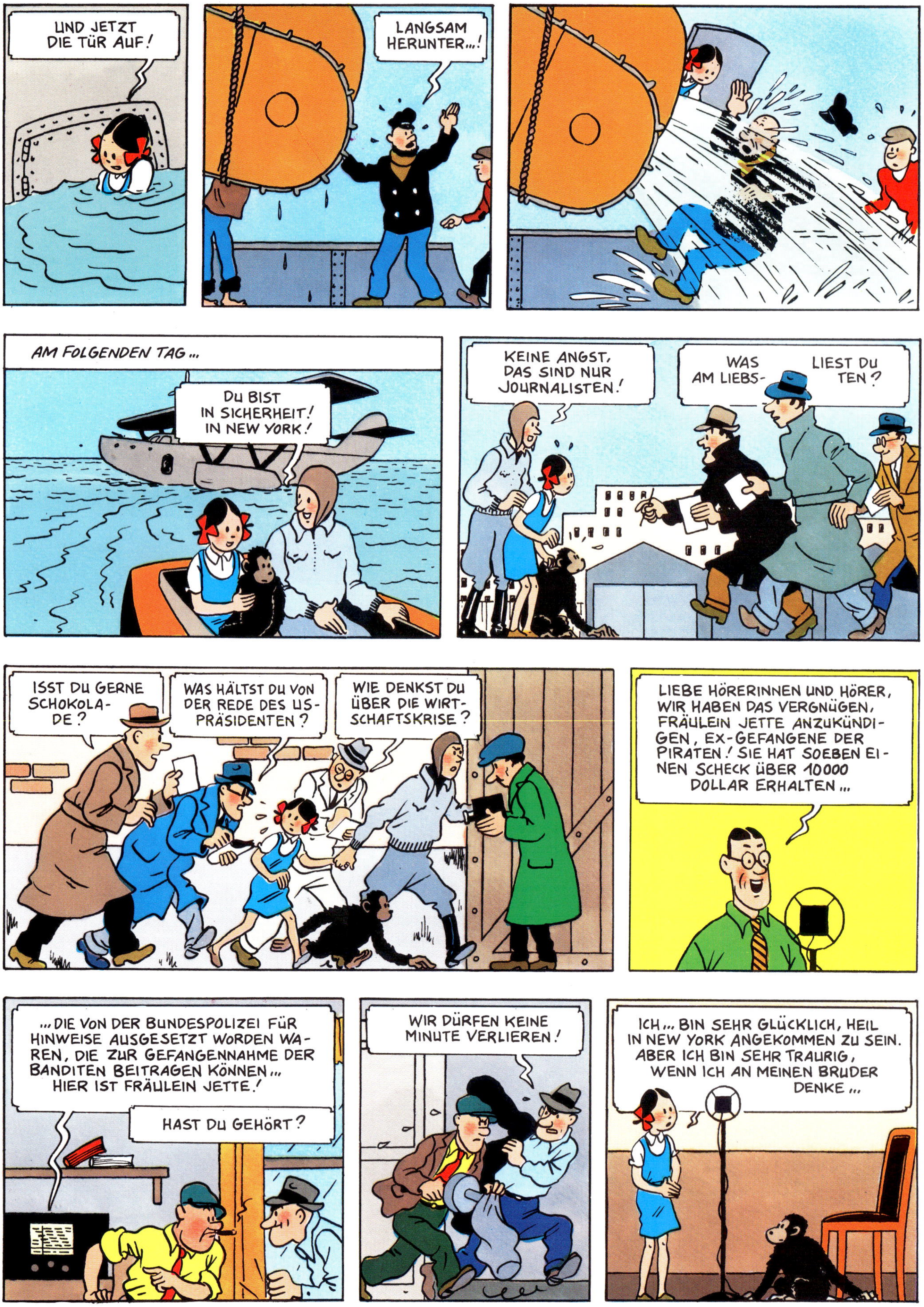
UND JETZT DIE TÜR AUF!
LANGSAM HERUNTER...!
AM FOLGENDEN TAG ...
DU BIST IN SICHERHEIT! IN NEW YORK!
KEINE ANGST, DAS SIND NUR JOURNALISTEN!
WAS AM LIEBS-
LIEST DU TEN?
ISST DU GERNE SCHOKOLADE?
WAS HÄLTST DU VON DER REDE DES US-PRÄSIDENTEN?
WIE DENKST DU ÜBER DIE WIRTSCHAFTSKRISE?
LIEBE HÖRERINNEN UND HÖRER, WIR HABEN DAS VERGNÜGEN, FRÄULEIN JETTE ANZUKÜNDIGEN, EX-GEFANGENE DER PIRATEN! SIE HAT SOEBEN EINEN SCHECK ÜBER 10000 DOLLAR ERHALTEN ...
... DIE VON DER BUNDESPOLIZEI FÜR HINWEISE AUSGESETZT WORDEN WAREN, DIE ZUR GEFANGENNAHME DER BANDITEN BEITRAGEN KÖNNEN ... HIER IST FRÄULEIN JETTE!
HAST DU GEHÖRT?
WIR DÜRFEN KEINE MINUTE VERLIEREN!
ICH ... BIN SEHR GLÜCKLICH, HEIL IN NEW YORK ANGEKOMMEN ZU SEIN. ABER ICH BIN SEHR TRAURIG, WENN ICH AN MEINEN BRUDER DENKE ...

... DER WIEDER IN DER GEWALT DER PIRATEN IST. ICH FÜRCHTE, DASS DER BÖSE ALTE WISSENSCHAFTLER IHM ETWAS ANTUT. ICH BETE TÄGLICH, DASS JO BEFREIT WIRD ...
... UND DASS WIR BALD ZU UNSEREN ELTERN ZURÜCKKÖNNEN. VIELLEICHT HÖREN SIE UNS GERADE IN EUROPA: GUTEN TAG, MUTTI! GUTEN TAG, VATI!
... ICH MÖCHTE NOCH DEN PILOTEN DANKEN, DIE MICH VON DER INSEL GEHOLT HABEN! ZUM SCHLUSS ...
HÄNDE HOCH!
?
BUMM KRACH
HILFE ...!
NICHTS MEHR! ... MEIN GOTT, WAS IST PASSIERT?
DAS HAT JA ALLES GEKLAPPT WIE AM SCHNÜRCHEN, MEIN LIEBER FRED!
JA, DAS GELD KRIEGEN WIR!
RUHE
?
POLICE CAR

POLICE CAR
TUUUT TUUUT
BROADCASTING STUDIOS
ICH ... ICH HABE SIE NICHT KOMMEN HÖREN! SIE RIEFEN ... OH, MEIN KOPF!
DAS MUSS JETTES AFFE SEIN! VIELLEICHT KANN ER IHRE SPUR VERFOLGEN ...?!
SUCH! SUCH JETTE! ... ES GEHT! ER HAT ES BEGRIFFEN! ER FINDET SIE BESTIMMT. DAS GEHT JA PRIMA!
STUDIOS
HALLO? ... WAS? ICH BIN DER POLIZEICHEF ... JA, DOCH! JA, ICH BIN'S! ... HALLO?
... WIR HABEN JETTE. SUCHEN SIE SIE NICHT! SIE WÜRDEN IHRE ZEIT VERGEUDEN UND DIE KLEINE GEFÄHRDEN ... WIR GEBEN SIE GEGEN EIN LÖSEGELD VON 50000 DOLLAR WIEDER FREI!
NA BITTE! ... ALLES IN ORDNUNG!
TELEFON
DAS WERDEN WIR BALD HABEN: ER FÜHRT UNS DIREKT ZU DEN GANOVEN!
SIE HABEN EIN AUTO GENOMMEN! DER AFFE HAT DIE SPUR VERLOREN!
?

Panel	Text
1	DA DER AFFE DIE SPUR VON JETTE DOCH NICHT MEHR FINDET, KOMMT ER INS TIERHEIM!
2	HALLO?... TIERHEIM?
3	245. STRASSE?... GUT, ICH KOMME SOFORT!
4	
5	WENN ER SO WEITERMACHT, MÜSSEN WIR IHN TÖTEN!
6	
7	GEFÄHRLICHES TIER
8	EIN AFFE? WIR HABEN EBEN EINEN BEKOMMEN.
9	DER IST IN ORDNUNG. ICH NEHME IHN. / GEFÄHRLICHES TIER
10	TIERHEIM
11	ER SIEHT KLUG AUS. ICH GLAUBE, ER IST SCHNELL DRESSIERT.
12	ICH WERDE SOFORT MIT DEM TRAINING BEGINNEN.

| AM NÄCHSTEN MORGEN... |

| EINER VON JETTES ENTFÜHRERN! |

| HILFE! |

— 100 —

- 101 -

- 102 -

- 103 -

- 104 -

SCHON WIEDER? WARTE, DU BIEST!
HIER MUSS JETTE SEIN!
JOCKO!
JOCKO! DU HIER?... UND IN SO EINER KOMI-SCHEN JACKE!?
DU HAST RECHT, JOCKO! WIR DÜRFEN KEINE ZEIT VERLIEREN!

?
!
?
HÄNDE HOCH!
?
MEIN BROWNING!
NICHT FESSELN, JOCKO! ER SOLL DAS AUTO ZUR POLIZEI FAHREN!
LEIDER NEIN, HERR MINISTER. KEINE SPUR VON JETTE ODER JOCKO ...
POLICE
?
!

NEW YORK TIMES! EXTRABLATT!
NEW-YORK T
JETTE GEFUNDEN
Die kleine Jette, die nach ihrer Gefangenschaft bei den Piraten von Kriminellen...
... ENTFÜHRT WORDEN WAR, IST WIEDER DA! IHR TREUES ÄFFCHEN JOCKO ...
... HATTE IHRE SPUR VERFOLGT, DEN ORT IHRER GEFANGENSCHAFT ENTDECKT UND SIE BEFREIT ...!
... DAS MUTIGE KIND ...
... KONNTE SOGAR DIE BEIDEN ENTFÜHRER FANGEN UND DER POLIZEI ÜBERGEBEN ...
... ES HANDELT SICH UM DIE LANGE GESUCHTEN, BERÜCHTIGTEN GANGSTER ...
... BILL SULLIVAN UND JACK STONE ...
... WAS DAS GEHEIMNISVOLLE U-BOOT BETRIFFT, SO WIRD DIE WELT WOHL BALD VON DEN PIRATEN BEFREIT SEIN ...
ABWARTEN!
MEIN LIEBES JETTCHEN! GERETTET! MEIN GOTT, WAS MACHT SIE WOHL?
MISS JETTE RUHT, SIE KANN NIEMANDEN EMPFANGEN.
ABER ICH BIN DER DIREKTOR DER „COSMOS FILM" UND HABE EINE ROLLE FÜR SIE!
ICH MÖCHTE SIE FÜR MEINE NEUE REVUE „BROADWAY FOLLIES" ENGAGIEREN!
ICH BIETE 20000 DOLLAR FÜR IHRE MEMOIREN!

DER CHEF WIRD TOBEN, WENN ICH NICHTS BRINGE!...
JOURNALIST - WAS FÜR EIN BERUF!
IN ORDNUNG, HARRY! DU KANNST KOMMEN...
PSST... SEI DOCH LEISE!
BUMM
VERBRECHER!
NEIN, KEINE VERBRECHER! WIR SIND JOURNALISTEN!
ES BLIEB UNS KEIN ANDERER WEG, UM ZU DIR VORZUSTOS-SEN. DÜRFEN WIR EIN PAAR FRAGEN STELLEN?... JA?... DANKE!
NUN... DEINE ELTERN LEBEN NOCH?... JA?... GUT...
WELCHEN BERUF HAT DEIN VATER?
VATI?... ER IST INGENIEUR BEI EINER FLUGZEUG-FABRIK.

FLUP G.m.b.H.
FLUGZEUGWERKE

DER DIREKTOR MÖCHTE SIE SPRECHEN, HERR HOLM!

GUT, ICH KOMME SOFORT!

GUTE NACHRICHTEN, LIEBER HOLM: IHRE KLEINE JETTE IST GEFUNDEN! MAN HAT ES MIR EBEN TELEFONISCH MITGETEILT...

... IHRE TOCHTER IST IN NEW YORK. DIE ELTERN SOLLEN SIE DORT ABHOLEN. DIE FIRMA GIBT IHNEN VIER WOCHEN URLAUB... DANKEN SIE MIR NICHT, PACKEN SIE IHRE KOFFER! DIE „BREMEN" LÄUFT MORGEN AUS.

AUS WIRTSCHAFT - SCHIFFFAHRT - LUFTFAHRT

New York. - Das Passagierschiff »Bremen« wird heute gegen 15 Uhr erwartet. Unter den Passagieren befinden sich Herr und Frau Holm, die ihre Tochter, die berühmte kleine Jette, abholen wollen. -
Der Streik an Bord des Panama-Frachters »Maritime King« ist beendet. Die Reederei teilte

UND WENN DIE „BREMEN" NUN AUCH ÜBERFALLEN WURDE?

DA IST SIE JA!

JETTE!

- 110 -

HÖREN SIE NOCH, HERR HOLM: JETZT SPRICHT GLEICH ...
... IHR SOHN!
?
DU HAST ES JA GEHÖRT: DEIN LEBEN HÄNGT VON DEINEM VATER AB. ER SOLL DIE UNTERSUCHUNG EINSTELLEN!
HALLO, VATI?... HÖR NICHT AUF DIE DROHUNG DIESES VERBRECHERS!
... MACH WEITER UND LASS DICH NICHT ... KRACKS
JO! JUNGE! ... ACH ...
WEITERMACHEN? ABER ICH MUSS DOCH MEINEN KLEINEN JO RETTEN ...!
OH, ICH HABE EINE IDEE!
ICH WERDE IHNEN DIESE IDEE ERKLÄREN ...
WENN SIE ZU VERWIRKLICHEN IST, HELFE ICH IHNEN.
MEISTER, HIER HABE ICH EINE NACHRICHT AUFGEFANGEN.
„CITY VON LOS ANGELES" VERLÄSST BALD NEW YORK MIT SENDUNG EDELSTEINEN, WERT 3 MILLIONEN DOLLAR, BESTIMMT FÜR AUSSTELLUNG IN LONDON NÄCHSTEN MONAT. TAG UND STUNDE DER ABFAHRT AUS SICHERHEITSGRÜNDEN GEHEIM.
RUFEN SIE DEN KAPITÄN DES U-BOOTES!
LAUFEN SIE AUS! KREUZEN SIE AUF DER EUROPA-ROUTE UND WARTEN SIE AUF DIE „CITY OF LOS ANGELES"!
GUT.

Panel	Text
1	DORT IST SIE! TAUCHEN!
3	JETZT HABEN WIR SIE!
5	ZUERST DIE V-STRAHLEN, DANN DAS „SANDMÄNNCHEN".
6	GUT, DAS WÄRE GELAUFEN! UND NUN AUFTAUCHEN!
10	ALLES IN ORDNUNG! DIE STÖREN UNS NICHT!
11	IHR KÖNNT KOMMEN!

— 112 —

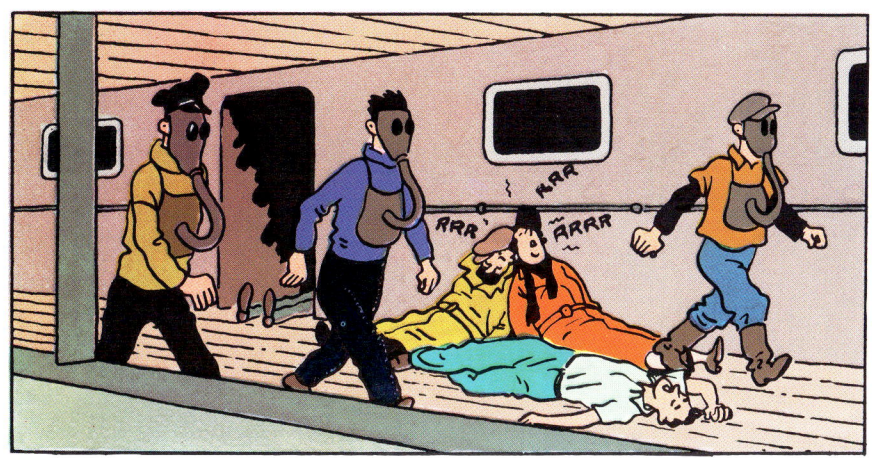

	AM FOLGENDEN TAG...
	HIER „CITY VON LOS ANGELES": WURDEN OPFER DER PIRATEN, EDELSTEINE VERSCHWUNDEN...

HEUREKA!

WIR SIND DA! TAUCHEN!

3 MILLIONEN DOLLAR! HIHI!... EIN HÜBSCHES SÜMMCHEN!

DA IST DAS U-BOOT!

WO BLEIBT DER KAPITÄN?

- 113 -

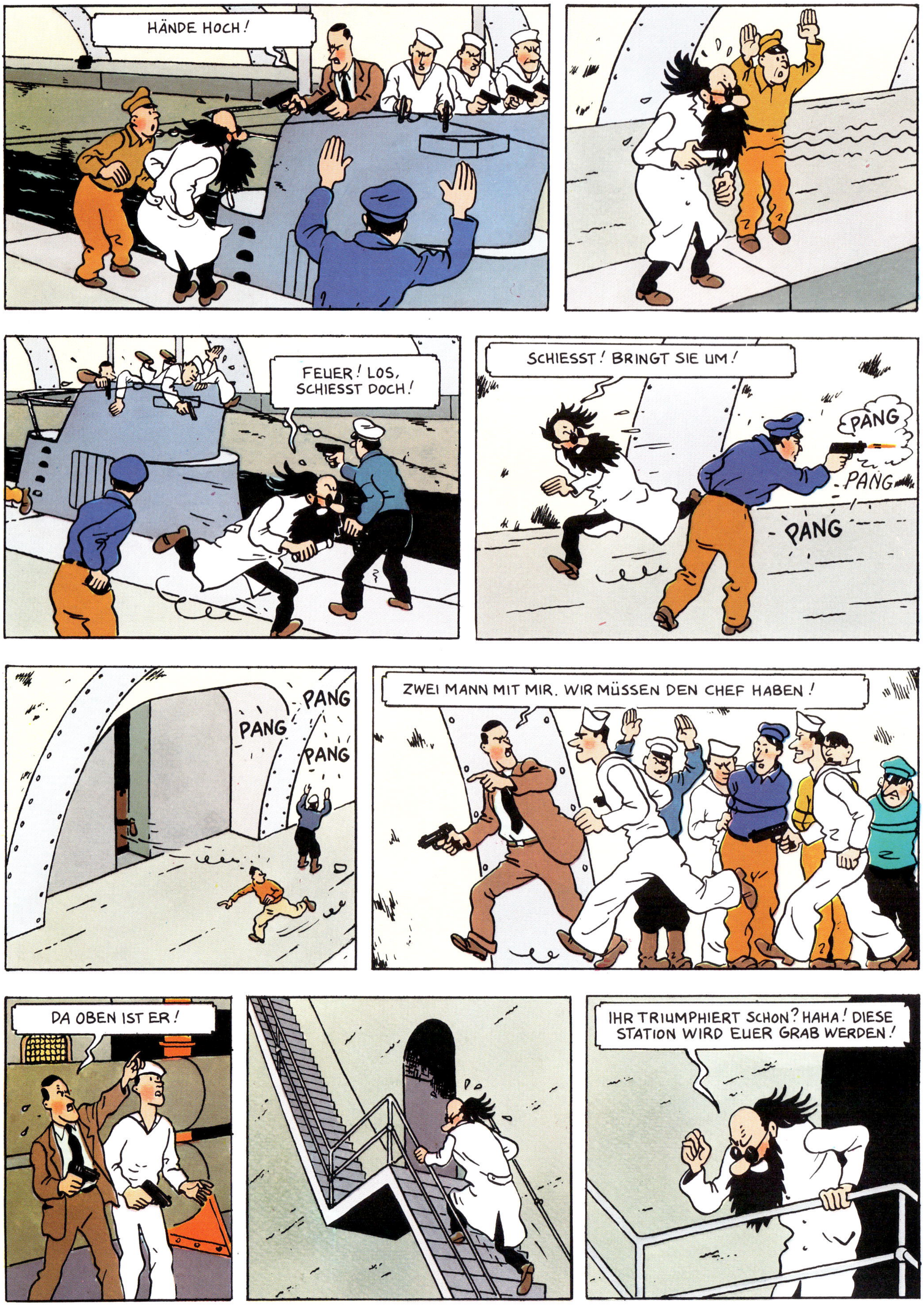
HÄNDE HOCH!
FEUER! LOS, SCHIESST DOCH!
SCHIESST! BRINGT SIE UM!
PANG
PANG
PANG
PANG
PANG
PANG
ZWEI MANN MIT MIR. WIR MÜSSEN DEN CHEF HABEN!
DA OBEN IST ER!
IHR TRIUMPHIERT SCHON? HAHA! DIESE STATION WIRD EUER GRAB WERDEN!

ICH WERDE ALLES IN DIE LUFT SPRENGEN! DAS GIBT EIN FEUERWERK!	DU KOMMST MIT MIR!	WAS IST DENN LOS?
JO!... JO!	VATI! DAS IST VATIS STIMME! / JA, DEIN VATER WILL DICH MIR STEHLEN!... DAS IST SEIN TOD!	WIR WERDEN ALLE STERBEN. EIN DRUCK AUF EINEN KNOPF – UND ALLES GEHT IN DIE LUFT.
MOMENT – ICH STELL IHM EIN BEIN!	VATI!... VATI!	LÜMMEL! ER WARNT SIE UND SIE RETTEN SICH, EHE ICH DEN SPRENGSTOFF ZÜNDEN KANN. ICH MUSS MIR WAS ANDERES AUSDENKEN!
JO! MEIN JUNGE! / VATI!		ICH WEISS: DAS WASSER! DAS IST NOCH BESSER!

VATI, ER WILL DIE ANLAGE SPRENGEN! WIR MÜSSEN SOFORT FLIEHEN!
DIESER VORSCHLAGHAMMER ZERSTÖRT MEIN LEBENSWERK!
WELCH GROSSEN WISSENSCHAFTLER VERLIERT DIE WELT!
SCHNELL!... ZUM U-BOOT!
WASSER!
DAS TOR! MACHT DAS TOR ZU, SONST ERTRINKEN WIR ALLE!
SCHNELLER!

DAS TOR IST ZU! WIR KOMMEN NICHT DURCH!

WIR KÖNNEN NICHT LÄNGER WARTEN UND DAS LEBEN DER GANZEN BESATZUNG AUFS SPIEL SETZEN. HERR HOLM UND DIE ANDEREN SIND VON DER FLUT ÜBERRASCHT WORDEN. SELBST WENN SIE NOCH LEBEN, KÖNNEN SIE UNS NICHT ERREICHEN!
DU HAST RECHT.
ALLE MANN AN BORD!
?
VATI!
DAS U-BOOT! ES FÄHRT FORT! ES LÄSST UNS IM STICH!
SIE HALTEN UNS FÜR TOT...
WIR SIND EINGESPERRT! WAS KÖNNEN WIR NUR TUN?
KEINE AHNUNG!
MEIN GOTT, WO HATTE ICH NUR MEINEN KOPF?
WAS MEINST DU DAMIT?
KOMMT! IM OBERSTEN STOCK GIBT ES EINE RETTUNGSKAPSEL! DAS HABE ICH AUF EINEM PLAN GESEHEN, DEN DER ALTE AUF DEM SCHREIBTISCH LIEGEN HATTE...
DA IST ES!
HIER HINEIN!
NACH OBEN!

	SCHLIESSEN SIE DEN DECKEL UND ZIEHEN SIE DIE SCHRAUBEN FEST AN!

SO, DAS HABEN WIR!

UND JETZT MÜSSEN WIR DIESE SCHRAUBEN LÖSEN!

WENN ICH NICHT IRRE, IST DIE KAPSEL MIT DIESEN SCHRAUBEN BEFESTIGT. SIND SIE GELÖST, TAUCHEN WIR AUF...

GLAUBST DU...?

HIER IST DER BEWEIS!

HURRA!

DIE STATION IST EXPLODIERT!

SCHAUEN SIE, EINE KAPSEL!

TAUCHEN! WIR MÜSSEN DEN TRÜMMERN UND DEM SOG AUSWEICHEN!

PLOFF

WIR TAUCHEN AUF. ES SCHEINT ALLES RUHIG ZU SEIN.

DA! DIE KAPSEL VON VORHIN!... SIE SCHWIMMT AUF DEM WASSER!

DER DECKEL ÖFFNET SICH! EIN MANN... MEIN GOTT! DAS... DAS IST HERR HOLM!

WIR SIND GERETTET! DORT IST DAS U-BOOT!

SO EIN GLÜCK!

ICH WEISS NICHT, WIE DAS KAM. ES PASSIERTE, ALS WIR AUFTAUCHTEN. EIN KURZSCHLUSS VIELLEICHT?... ODER SIND DIE DAMPFKESSEL EXPLODIERT...?

UND JETZT, MEIN KLEINER JO, AUF NACH NEW YORK ZU MUTTI UND JETTE!	WIE WIR ZUR STATION VORDRINGEN KONNTEN, WO DOCH DIE „CITY VON LOS ANGELES" GEMELDET HATTE, DASS SIE AUSGERAUBT WURDE?	„, NUN: WIR MELDETEN DEN TRANSPORT VON EDELSTEINEN. IN WIRKLICHKEIT GAB ES KEINEN EINZIGEN AN BORD. DIE PIRATEN KAMEN, BLOCKIERTEN DIE MASCHINEN UND SCHLÄFERTEN ALLE EIN ...
„, EIN DUTZEND MATROSEN UND ICH, WIR HATTEN GASMASKEN. WIR ÜBERFIELEN DIE PIRATEN, ALS SIE AN BORD WAREN. DIE U-BOOT-BESATZUNG HABEN WIR AUCH ÜBERRUMPELT ...	„, ZWEI DER GANGSTER FÜHRTEN UNS IN DEN SCHLUPFWINKEL. UNTERDESSEN GABEN WIR EINE MELDUNG VOM ÜBERFALL AUF DAS PASSAGIERSCHIFF DURCH, DAMIT DIE PIRATEN AUF DER STATION KEINEN VERDACHT SCHÖPFTEN ...	AM NÄCHSTEN TAG IN NEW YORK ... DIE WASSERFLUGZEUGE FLIEGEN IHNEN ENTGEGEN ...
SIE KOMMEN! / HURRA! / SIE SIND'S!	DA SIND SIE!	„, DIE GANGWAY WIRD ANGELEGT... DAS BEGRÜSSUNGSKOMITEE TRITT HERAN, VORAN DER BÜRGERMEISTER VON NEW YORK. JETZT STEIGEN HERR HOLM UND SEIN SOHN JO AUS ...

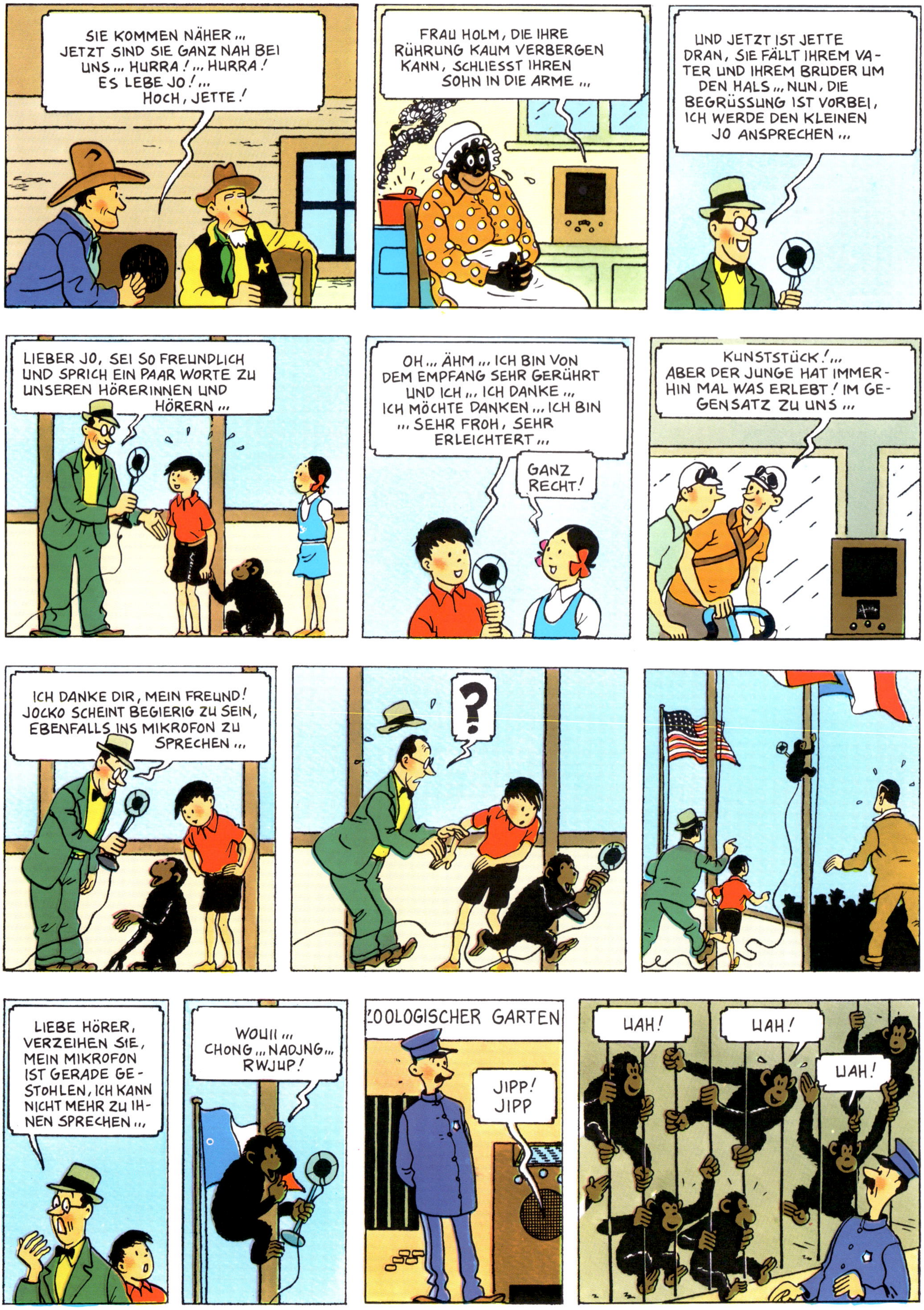
SIE KOMMEN NÄHER... JETZT SIND SIE GANZ NAH BEI UNS... HURRA!... HURRA! ES LEBE JO!... HOCH, JETTE!
FRAU HOLM, DIE IHRE RÜHRUNG KAUM VERBERGEN KANN, SCHLIESST IHREN SOHN IN DIE ARME...
UND JETZT IST JETTE DRAN, SIE FÄLLT IHREM VATER UND IHREM BRUDER UM DEN HALS... NUN, DIE BEGRÜSSUNG IST VORBEI, ICH WERDE DEN KLEINEN JO ANSPRECHEN...
LIEBER JO, SEI SO FREUNDLICH UND SPRICH EIN PAAR WORTE ZU UNSEREN HÖRERINNEN UND HÖRERN...
OH... ÄHM... ICH BIN VON DEM EMPFANG SEHR GERÜHRT UND ICH... ICH DANKE... ICH MÖCHTE DANKEN... ICH BIN ... SEHR FROH, SEHR ERLEICHTERT...
GANZ RECHT!
KUNSTSTÜCK!... ABER DER JUNGE HAT IMMERHIN MAL WAS ERLEBT! IM GEGENSATZ ZU UNS...
ICH DANKE DIR, MEIN FREUND! JOCKO SCHEINT BEGIERIG ZU SEIN, EBENFALLS INS MIKROFON ZU SPRECHEN...
?
LIEBE HÖRER, VERZEIHEN SIE, MEIN MIKROFON IST GERADE GESTOHLEN, ICH KANN NICHT MEHR ZU IHNEN SPRECHEN...
WOUII... CHONG... NADJNG... RWJUP!
ZOOLOGISCHER GARTEN
JIPP! JIPP
UAH!
UAH!
UAH!

- 123 -

EINIGE TAGE SPÄTER...

ADIEU, NEW YORK! SCHLUSS MIT DEN AUFREGUNGEN! ICH HABE NICHTS DAGEGEN, HEIMZUKOMMEN.

RICHTIG.

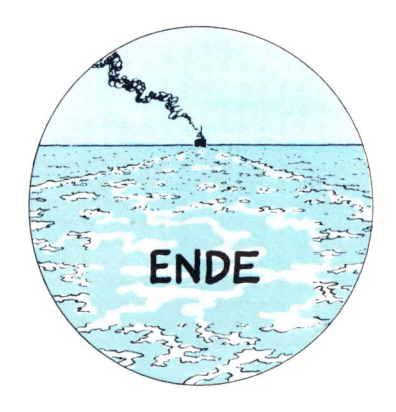

ENDE

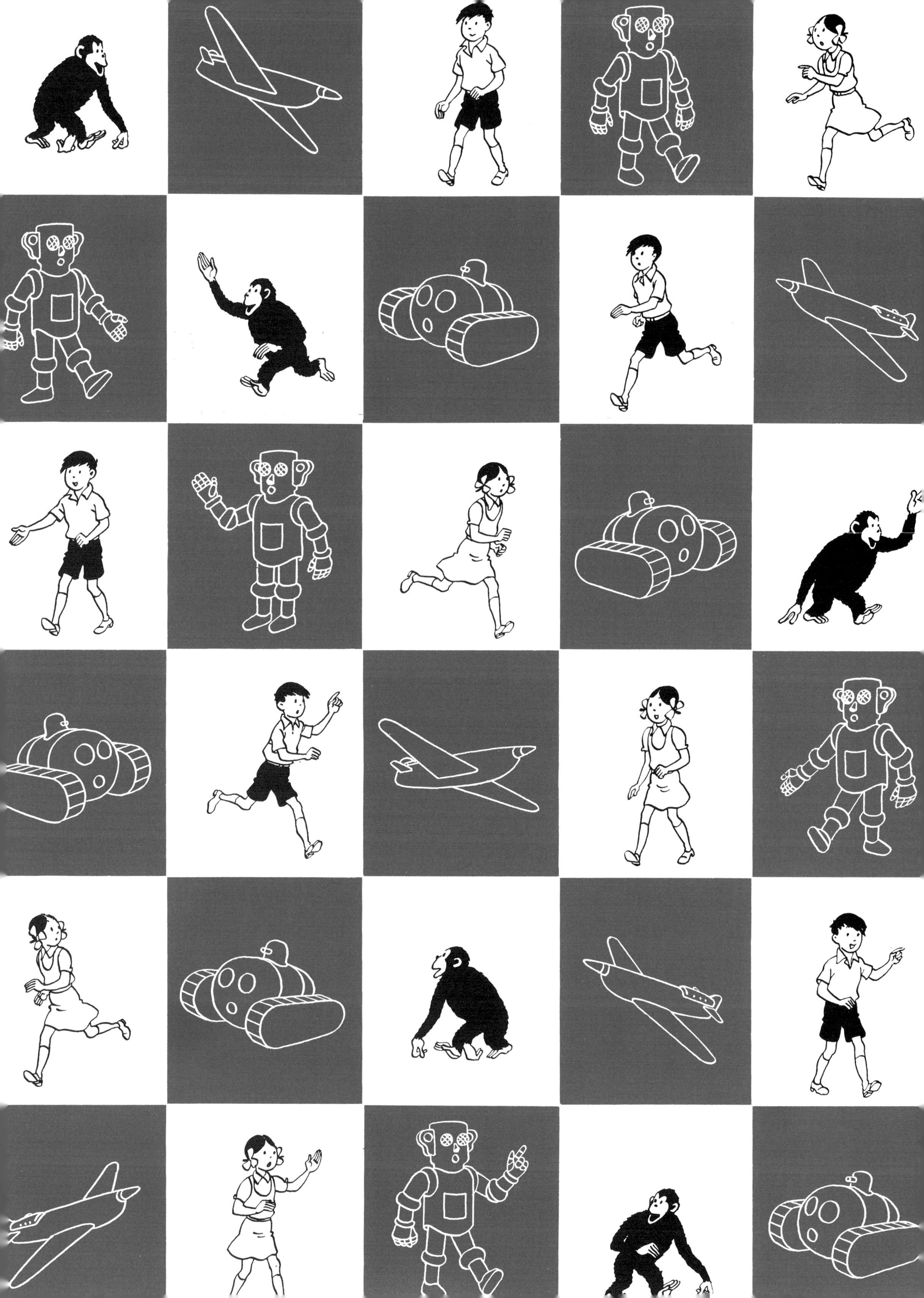

DROPSY

Vorläufer von Jo und Jette

Mit einem seinen Helden Jo und Jette recht ähnlichen Pärchen hatte Hergé sich kurz vor Entstehung dieser Serie bereits im Rahmen eines Werbeauftrags beschäftigt. Für den Süßwarenhersteller Antoine hatte er – noch im klassischen Stil der Bilderzählung – auf insgesamt sechs Seiten von den Abenteuern erzählt, die Antoine und Antoinette mit ihrem Hund Plouf und ihrem Papagei Dropsy in einem verzauberten Königreich erleben. Diese von Hergé weder datierten noch signierten Seiten, die um 1934 entstanden sein müssen und trotz der recht dick aufgetragenen Werbebotschaft ihren ganz eigenen Reiz haben, kommen hier erstmals komplett in deutscher Sprache zum Abdruck, um einen direkten Vergleich zwischen den beiden Serien zu ermöglichen.

DROPSY

Die Kristallkugel

DIE KRISTALL-KUGEL

Diese Kristallkugel hat magische Kräfte. Wer sie entdeckt und diesen Text liest, wird durch die Lüfte ins Zauberland gebracht.

1. – Als Antoine und Antoinette eines Tages in Begleitung ihres Papageis Dropsy und ihres Hundes Plouf auf dem staubigen Dachboden ihres Elternhauses stöberten, fanden sie eine schwere Kiste, die sie kaum bewegen konnten...

2. – Darin entdeckten sie eine geheimnisvolle alte Schatulle, in der sich – oh Wunder! – eine schimmernde Kristallkugel befand. Darunter lag ein doppelt gefaltetes Pergament, dessen Schrift kaum kaum noch zu lesen war.

3. – Nur mühsam konnten sie die Schriftzeichen entziffern... Verschreckt schlossen Antoine und Antoinette die Schatulle schnell wieder, denn die angekündigte Reise wollten sie auf keinen Fall antreten. Aber es war schon zu spät...

4. – Ein wilder Sturmwind zog auf, riss alle Dachbodenfenster auf und trug Antoine und Antoinette samt Plouf und Dropsy mit sich fort in die Lüfte.

5. – Wie lange dauerte die stürmische Reise durch die Wolken? Niemand vermochte es zu sagen. Aber langsam legte sich der Wind, und fester Boden tauchte unter ihren Füßen auf. Schnell sanken sie hinab...

6. – Plumps! Sie landeten unsanft; Dropsy hätte sich fast den Schnabel gebrochen. Sie waren im Zauberland, wo die Bäume aus Karamel waren, die Blumen aus Marzipan, die Kieselsteine Haselnüsse...

7. – ...und die Schokoladenberge hatten Sahnehauben. Ein Bach aus Granatapfelsaft schlängelte sich zwischen Felsen aus Nougat dahin. Antoinette kostete vom Erdboden, und - oh Wunder! - er war aus Mandelcreme!

8. – Das Leckermäulchen Dropsy erspähte ein niedriges kleines Häuschen ganz aus Antoine-Drops und begann, sich daran gütlich zu tun. Doch seine Unvorsichtigkeit musste er nun teuer bezahlen!

9. – Das niedliche Häuschen war ein Bienenkorb, und die erzürnten Bienen bereiteten dem unglücklichen Dropsy einen Empfang, auf den er nicht gefasst war. Lange Zeit noch sollte er sich an dies schmerzliche Abenteuer erinnern!

DIE WUNDERSAMEN BLUMEN

1. – Da brach die Nacht herein. Sie mussten einen Unterschlupf finden. Angeführt von Dropsy und Plouf machten sich Antoine und Antoinette auf den Weg durch den Kokoswald, der immer tiefer und tiefer wurde... Doch wo waren plötzlich Plouf und Dropsy geblieben...? Sie waren verschwunden!

2. – Da hörten sie auf einmal die Stimmen der beiden. Plouf und Dropsy zankten sich um einen Strauß Zuckerblumen, deren Mitte aus Antoine-Drops bestand. »Lasst die Blumen in Ruhe!«, befahl Antoinette. »Lasst sie dort im Schatten der großen Bäume in Frieden leben!«

3. – In diesem Moment brach plötzlich ein Gewitter los. Der Donner grollte und es regnete in Strömen. Nun mussten sie sich schnell unterstellen. »Bloß nicht unter die Bäume«, rief Antoine. »Aber wohin denn dann?«, warf Antoinette ängstlich ein.

4. – »Oh!«, machte Dropsy sich bemerkbar. »Die Blumen! Seht euch die Blumen an!« Durch den Regen wuchsen und wuchsen sie immer größer. Im Schutz ihrer immensen Blätter fielen Antoine und Antoinette, Plouf und Dropsy bald schon in einen tiefen Schlaf...

5. – Die Nacht war vorüber. Frisch und munter wachten Antoine und Antoinette wieder auf. Von dem Unwetter war nichts mehr zu sehen. Die Sonne schien vom Himmel. »Weiter geht's!«, rief Antoine. »Dropsy? Plouf?« Keine Antwort. Die zwei Taugenichtse waren schon wieder verschwunden!

6. – »Wir müssen sie suchen«, beschloss Antoine. Er packte Antoinette und machte sich mit ihr auf die Suche nach den Ausreißern. Da hörten sie auch schon Dropsy singen: »Wenn ich Bleichert getrunken hab, dreht sich die ganze Welt...«

7. – Da waren die beiden... Aber sie liefen im Zickzack! »Meine Güte, sie sind betrunken!«, sagte Antoinette. Mit wackeliger Stimme erklärte Dropsy ihnen, dass sie Pralinen entdeckt hatten, die mit leckerem Likör gefüllt waren... und das... und das...

8. – Da schlief er auch schon mitten im Reden ein. Plouf tat es ihm gleich nach. »Ein schönes kaltes Bad wird sie wieder munter machen«, sagte Antoine. »Nimm du Dropsy, ich kümmere mich um Plouf.« Und hopp! Trotz all ihrer Proteste wurden die beiden Schlingel in den Eisbach gesteckt.

9. – Auf einen Schlag waren die beiden Schelme wieder nüchtern. »In der Sonne werdet ihr wieder trocknen«, sagte Antoinette. »Und zur Strafe bekommt ihr einen Monat lang keine Antoine-Drops mehr! Aber jetzt lasst uns unsere Reise durch diesen herrlichen Wald fortsetzen...«

DER GEFANGENE DROPSY

1. – Schon seit langer, langer Zeit marschierten unsere Freunde Antoine und Antoinette durch den geheimnisvollen Wald. Da entdeckten sie plötzlich etwas abseits des Pfades einen wundervollen Vogel, der sich in einer Liane an einem Ast verheddert hatte. »Ich würde ihn so gerne streicheln«, sagte Antoinette, »wenn er bloß nicht davonfliegt.«

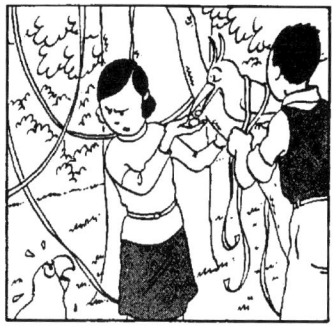

2. – »Oh! Armer blauer Vogel! Er hat bestimmt Hunger und Durst«, fuhr Antoinette fort. »Lass ihn uns befreien, Antoine!« Ohne den eifersüchtigen Dropsy weiter zu beachten, befreiten sie den hübschen Vogel. Dann fütterten sie ihn mit Antoine-Drops, um seinen Hunger zu stillen. Damit war ihr Papagei natürlich erst recht nicht einverstanden.

3. – »Danke, ihr Kinder«, rief der schöne Vogel. »Ich bin der blaue Vogel des verzauberten Königreichs. Ohne euer gutes Herz wäre ich in der glühenden Hitze der Sonne umgekommen. Weil ihr mir das Leben gerettet habt, möchte ich mich erkenntlich zeigen. Folgt mir, ich werde euch zu dem Palast des Zauberers Berlingot geleiten.«

4. – Nach einem mehrstündigen Marsch kam die Gruppe an einem goldenen Tor an. »Das ist der Besitz des Zauberers Berlingot«, sagte der blaue Vogel. Aber nun muss ich euch verlassen. Aber ich werde über euch wachen und euch nie vergessen, was ihr für mich getan habt. Auf Wiedersehen!« Und so flog der blaue Vogel davon.

5. – »Oh! Antoine, sieh nur... Das Tor öffnet sich für uns... Lass uns den Park betreten... Oh! Da, der Palast, ganz aus weißem Kristall, mit einer Treppe aus rosa Marmor und violetten Blumen überall... Aber wie still es hier ist! Der Palast muss wohl unbewohnt sein...? Aber nein! Da vorne neben dem Baum hat sich gerade ein Fenster geöffnet...«

6. – »Ich fliege mal da hoch«, beschloss Dropsy. »Dann kann ich sehen, was da drinnen vor sich geht.« Und schon war der Papagei allen Warnungen von Antoine zum Trotz losgeflogen und setzte sich auf das Fensterbrett des offenen Fensters. »Oh! Alle Wetter!«, rief er. »Ich sehe einen Raum mit Wänden aus Kristall...«

7. – »...und da drin sind ein ganzes Dutzend andere Dropsys! Die wollen mich foppen... Sie machen mir alles nach... Sie wollen wohl kämpfen... So! Ihr wollt also einen Kampf?« Und schon stieß er seinen Kampfschrei aus, stürzte mit aufgestelltem Gefieder los... und knallte gegen einer der Spiegel, die an den Wänden hingen.

8. – Man hörte einen ungeheuren Radau, dann markerschütternde Schreie: »Oh! Mein Schnabel! Mein armer Schnabel... Ich habe mir den Schnabel gestoßen!« ... »Dropsy, komm schnell wieder heraus, du kriegst auch einen Antoine-Drops!« ... »Ich komme!«, rief Dropsy. »Ich kom... Ah! Uuh! Ein Biest! Da kommt ein schreckliches Biest! Zu Hilfe! Antoine! Antoinette!«

9. – Was war geschehen...? Antoine und Antoinette blieben wie erstarrt stehen... Da hörten sie erneut Dropsys Stimme, die nun jammerte: »Zu Hilfe! Befreit mich! Ich bin gefangen! Das schreckliche Biest hat mich in einen Käfig gesperrt!« Armer Dropsy! Welchen schrecklichen Feinden war er da in die Hände gefallen...? Und wie sollte er befreit werden?

DIE SIRENE ONDINA UND IHRE ZWERGE

1. – Der arme Dropsy ist noch immer der Gefangene des Zauberers Berlingot. »Was sollen wir tun? Wie können wir ihn befreien?«, fragten Antoine und Antoinette sich ängstlich. »Oh!«, rief Antoine. »Sieh doch, der Baum: Einer seiner Äste reicht bis zu dem Fenster des Spiegelsaals hin!«

2. – Und schon kletterten unsere Freunde los. Mit Plouf auf Antoines Rücken erreichten sie schließlich das Fenster. Sie lugten hinein und entdeckten den armen Dropsy in seinem Käfig mit den goldenen Stäben. »Musst du sehr leiden, Dropsy?« ... »Nein, das einzige, was mir hier fehlt, sind meine Antoine-Drops!«

3. – Ein Sprung, und schon sind sie bei ihm. Nun aber nichts wie weg! Doch der Käfig geht nicht auf. »Wir können ihn nicht öffnen. Er hat keine Tür.« Antoine rüttelt so fest an dem Käfig herum, dass Dropsy vor Schmerz laut aufschreit. »Es hat keinen Zweck, wir müssen ihn mitnehmen. Hilf mir, ihn zum Fenster zu tragen, Antoinette...«

4. – Doch da erscheint unter lautem Getöse ein fürchterliches Biest, das Feuer speit... »Ich bin die Chimäre«, brüllt es, »und ich muss jeden festnehmen, der hier ohne meine Erlaubnis eindringt. Nun seid ihr alle meine Gefangenen!« Und mit erneutem Getöse verschwindet die Chimäre ebenso plötzlich wieder, wie sie erschienen ist...

5. – Gefangene dieses schrecklichen Biestes, was soll nur aus uns werden...?« ... »Zum Glück hat es uns unsere leckeren Antoine-Drops gelassen«, bemerkt Dropsy altklug. »Ja, und das Geräusch von Wasser, das in einen Springbrunnen aus Marmor plätschert und dort die Seerosen aufblühen lässt«, fügt Antoine hinzu.

6. – Da ist plötzlich eine süße Stimme zu vernehmen: »Warum seid ihr so traurig, Kinder?« Woher kommt diese Stimme...? »Oh! Antoine, da... im Herzen der Seerose... eine kleine Sirene, die ganz und gar von diamantenen Schuppen bedeckt ist.« ... »Ich bin die Sirene Ondina, und das sind meine Freunde, die Zwerge des verzauberten Königreichs.«

7. – Die netten kleinen Zwerge, die den Seerosen entstiegen waren, begannen im Kreis um unsere Freunde herum zu tanzen. »Und jetzt, da wir uns kennengelernt haben«, sagte die Sirene, »werden meine Zwerge euch angemessen einkleiden, damit ihr der Etikette entsprechend vor dem Zauberer Berlingot erscheint.«

8. – Mit einer kurzen Handbewegung ließ sie den Käfig verschwinden, in dem Dropsy gefangen gehalten wurde. Kurz darauf hatten die Zwerge Plouf ein Federcollier und einen Mantel aus Spitze übergezogen und Dropsy in einen goldenen Anzug gesteckt. Antoinette standen ihr Spitzenkleid und die Schmetterlingshaarschleifen ausgesprochen gut...

9. – und Antoine trug einen dunkelblauen Anzug, der mit Rubinen besetzt war. »Nun seid ihr bereit, um vor dem Zauberer zu erscheinen«, sagte die Sirene. Und schon öffneten sich vor ihnen die geheimnisvollen Tore zu dem Saal aus Gold und Edelsteinen.

Die Krönung von Antoine und Antoinette

1. – Am Ende des Saales saß auf einem über und über mit Edelsteinen besetzten Thron der Zauberer Berlingot, der einen purpurnen Mantel mit einem Aufsatz von Hermelin trug. Mit einer Handbewegung deutete er Antoine und Antoinette an, dass sie nähertreten sollten. Sichtlich bemüht, sich nicht daneben zu benehmen, schritten sie langsam voran.

2. – Plouf und Dropsy schritten ihnen hochnäsig voran. Da verhedderte Plouf sich plötzlich in seinem Mantel aus Spitze, stolperte, fiel hin und rollte dem Zauberer genau vor die Füße. Das wiederum rief Dropsys Hang zur Neckerei auf den Plan, der sofort rief: »Plouf ist ein ungeschickter Tollpatsch!«

3. – Der Zauberer fragte: »Was führt euch in mein Königreich?« ... »Nun, Herr Zauberer, das wissen wir auch nicht; der Wind hat uns hierher gebracht...« ... »Eure Neugier muss in jedem Fall bestraft werden«, antwortete der Zauberer streng. »Was soll ich jetzt mit euch machen?«

4. – »Holla, Chimäre! Ich brauche dich hier!« Und mit lautem Getöse erschien das schreckliche Biest. »Chimäre, was sollen wir mit diesen Fremden machen?« ... »Wir müssen sie einsperren!« ... »Nein, nein! Ich habe eine bessere Idee.« ... »Bitte, tut uns nicht weh!«, riefen Antoine und Antoinette.

5. – »Kinder«, sagte der Zauberer, »ich bin schon alt, und mein Zwergenvolk hat mir schon viele Sorgen bereitet. Ich danke ab und übergebe meine Krone an jüngere Häupter. Von morgen an sollt ihr die neuen Herrscher über das verzauberte Königreich sein!« Als Dropsy das hörte, fiel er augenblicklich in Ohnmacht und konnte nur mit Hilfe eines Antoine-Drops wieder aufgeweckt werden.

6. – Am kommenden Tag holte der blaue Vogel, den der Zauberer darum gebeten hatte, sich um die Zeremonie zu kümmern, Antoine und Antoinette in aller Frühe ab. Eine wunderschöne goldene Kutsche, die mit Federn geschmückt war und von Elefanten gezogen wurde, wartete auf sie. Dropsy lehnte es ab, darin Platz zu nehmen. Der Feigling wollte lieber zu Fuß gehen!

7. – Da wurde er plötzlich vom Rüssel eines Dickhäuters geschnappt und vorsichtig in die Kissen der Kutsche verfrachtet. Nun aber auf zum Palast... Bald kam das Gefolge vor dem goldenen Saal an. Antoine und Antoinette stiegen, begleitet von Trompetenfanfaren, aus dem Wagen.

8. – Sie schritten durch zwei Reihen kleiner Zwerge. Der Zauberer trat in Aktion: »Volk des verzauberten Königreichs, ich ernenne Antoine und Antoinette I. zu meinen Nachfolgern.« Und er setzte ihnen die königlichen Kronen auf ihre Häupter. »Lang leben Antoine und Antoinette I.«, rief das Volk der Zwerge.

9. – Doch da erschien mit lautem Donner ein Monster aus dem Nichts. »Ich bin es, Dragonnot, dein alter Erzfeind, Berlingot! Deine Nachfolger werden nicht lange regieren!« Und schon verschwand er wieder in einer gewaltigen Rauchwolke... Verblüfft sahen Antoine und Antoinette einander an: Alle waren verschwunden. Sie waren ganz allein in dem goldenen Saal.

NEUE STREICHE VON DROPSY UND PLOUF

1. – Seit gerade einmal acht Tagen regierten Antoine und Antoinette über das verzauberte Königreich, als der blaue Vogel ihnen mitteilte, dass sich Unmut unter den Zwergen breit mache, weil die neuen Herrscher das alte Gesetz missachtet hatten, jedem Bürger zu Beginn der Regierungszeit ein Geschenk zu machen. »Ich kannte diesen Brauch nicht!«, sagte Antoine.

2. – Dieses Versäumnis musste nachgeholt werden. »Dropsy und Plouf«, wies Antoine die beiden an, »bitte überbringt in eurer Eigenschaft als höchste Edelleute des Hofes dem Anführer der Zwerge acht Säcke Antoine-Drops. Komm, Antoinette, wir müssen unseren Geschäften nachgehen. Jeder Zwerg muss einen Beutel Drops erhalten.«

3. – »Antoine-Drops! Hast du das gehört, Plouf...? Wir sollen die Antoine-Drops den Zwergen geben!« Dropsy war richtig entrüstet. »Das kommt ja gar nicht in Frage«, sagte er. »Schnell, Plouf, hilf mir...« Und unsere beiden Leckermäulchen brachten vier der Säcke in Sicherheit, um sie sich später einzuverleiben!

4. – Da klopfte es. »Herein!«, rief Dropsy wichtigtuerisch. Schon traten zwei Zwerge in den Saal ein. »Die Herren Plouf und Dropsy«, stellte der blaue Vogel die beiden vor. »Und das sind Ding und Dong, die Anführer der Zwerge.« ... »Meine Herren«, sagte Dropsy, »König Antoine I. hat uns beauftragt, Ihnen... vier Säcke Antoine-Drops zu überreichen. Bitte sehr. Die Audienz ist beendet.«

5. – Kaum waren sie gegangen, da kamen Antoine und Antoinette zurück. Der blaue Vogel hatte sie gleich über den Betrug von Plouf und Dropsy unterrichtet: Ganze vier Säcke hatten sie für sich behalten. Die Zwerge fanden das gar nicht komisch und wollten sich rächen. »Wir werden ihnen heute Nacht einen kleinen Streich spielen, der sie zur Einsicht bringt«, riefen sie.

6. – Da kamen Dropsy und Plouf auch schon zurück. »Ist das nicht seltsam, Dropsy«, meinte Antoine, »die Zwerge haben sich gar nicht richtig bei uns bedankt. Und das bei acht Säcken Antoine-Drops.« ... »Ach«, antwortete Dropsy, »Zwerge sind eben undankbar!« »Offensichtlich«, sagte Antoine. »Doch jetzt lasst uns schlafen gehen. Bis morgen. Schlaft gut.«

7. – »In ein paar Tagen«, triumphierte Dropsy, »öffnen wir die Säcke und dann... gehören uns die Antoine-Drops! Aber jetzt lass uns schlafen...« Da ertönte plötzlich ein Pfiff... Die beiden sprangen auf... »Oh... Ooooh! Die Säcke... die Säcke laufen von ganz alleine.« Und aus einem von ihnen erklang eine tiefe Stimme: »Dropsy und Plouf sind Schleckermäulchen!«

8. – Von dem Lärm aufgeweckt, eilten Antoine und Antoinette herbei. »Das sind doch die Säcke, die ihr den Zwergen geben solltet!« ... »Gnade, wir tun es auch nie wieder!« Da beendeten die Säcke plötzlich ihren Tanz, und Dutzende von Zwergen sprangen aus ihnen heraus. »Eigentlich seid ihr ja gestraft genug«, sagte Antoine, »aber zur Sicherheit gibt es zusätzlich drei Tage Dropsverbot...«

9. – »Drei Tage... das ist ja Mord!«, mault Dropsy. »Wären wir doch wenigstens wieder auf der Erde!« ... »Aber leider sind wir nicht dort«, antwortete Antoine. Und plötzlich sehnten sich alle wieder in das Land zurück, aus dem sie kamen... »Morgen werden wir unseren Freund, den blauen Vogel bitten, uns wieder zurück auf die Erde zu bringen«, entschied Antoine.

STUPS UND STEPPKE

ALLES GUTE KOMMT VON OBEN

TOLLER PARK...
GEHEN WIR REIN?

DA! EINE SCHAUKEL!

KANNST DU ÜBERHAUPT SCHAUKELN, STUPS?
NA KLAR! UND WIE! WIRST SCHON SEHEN...

IST ES NICHT HERR-
LICH HIER? DA
FALLEN EINEM
WENIGSTENS KEINE
RAUPEN AUF DEN
TELLER...

ORDNUNG MUSS SEIN

- 139 -

ABRAKADABRA

STEEEPP-KEE

WAS DENN?

WAS IST DENN DA IN DEM PAKET?

IN DEM PAKET? EIER...

EIER...? WARTE, ICH KENN EINEN TRICK... JEDER WEISS, WIE ZERBRECHLICH EIER NORMALERWEISE SIND... SOLL ICH DIR ZEIGEN, WIE MAN SIE UNZERBRECHLICH MACHT?

OHNE WITZ?!

KANNST MIR RUHIG GLAUBEN... HIER, DU NIMMST EIN EI IN DIE LINKE HAND... MIT DER RECHTEN MACHST DU EIN ZEICHEN UND RUFST DREIMAL: ABRAKADANOVISTRA, ABRAKADANOVISTRA, ABRAKADANOVISTRA. HAST DU VERSTANDEN?

NEIN. IST DAS ETWA LATEIN?

QUATSCH! DAS IST KEIN LATEIN! DAS SIND ZAUBERFORMELN... UND JETZT SIEH HER!

OH!

HAST DU GESEHEN? DAS EI IST NOCH HEIL... WILLST DU SELBST MAL...? KRÄFTIG!

OH!

- 140 -

Panel 1:
- DA STAUNST DU!
- JA... IRRE... WIE HIESS NOCH MAL DAS WORT, DAS MAN DREIMAL SAGEN MUSS?
- ABRAKADANOVISTRA!
- ABRAKADANOVISTRA?
- GENAU.

Panel 2:
- DAS DARFST DU ABER NIEMANDEM WEITERSAGEN! WENN DIE HÜHNER DAS ERFAHREN, WERFEN SIE UNS VIELLEICHT IHRE EIER EINFACH AUF DEN KOPF!
- MEINST DU WIRKLICH...?

Panel 3:
- SCHON WIEDER EINER VON DIESEN AUSLÄNDERN...
- ABRAKADONAVISTRA... ABRAKADONAVISTRA...

Panel 4:
- MAMA! KOMM MAL HER, ICH MUSS DIR WAS GANZ TOLLES ZEIGEN! DAS DARFST DU ABER NIEMANDEM WEITERSAGEN...

Panel 5: (no text)

Panel 6:
- ...UND ER HAT NICHT GEMERKT, DASS DAS EI AUS GIPS WAR! HA! HA! HA!

ZETER UND MORDIO

— 143 —

PLAKATE ANKLEBEN VERBOTEN

ICH WETTE, DU TRAUST DICH NICHT, HIER EIN PLAKAT HINZUKLEBEN!

PLAKATE ANKLEBEN VERBOTEN

ANGENOMMEN!

WAS SEH ICH DA...? DIESER SCHLINGEL... VOR MEINEN AUGEN...

	DICH KRIEG ICH, JUNGCHEN!

PLAKATE ANKLEBEN VERBOTEN

HE! DU DA! KOMM MAL HER!

?

Es ist streng verboten Plakate anzukleben!

SCHERZ BEISEITE

HALT MAL, BÜRSCHCHEN!

HAST DU NOCH EINE VON DIESEN SCHERZZIGARREN?

ICH... ÄH... JA, HERR WACHTMEISTER...

GUT. DIE BIETEST DU JETZT DEM POLIZISTEN DORT HINTEN AN. VERSTANDEN?

JA...

HMM! EINE FEINE ZIGARRE!

JA... DIE HAT MIR DER KLEINE STEPPKE GESCHENKT...

ENTSCHULDIGEN SIE BITTE, ICH SUCHE DIE SCHNECKENSTRASSE. KÖNNEN SIE MIR SAGEN, WO...?

DIE SCHNECKENSTRASSE? ABER JA! DA GEHEN SIE...

...JETZT HIER ENTLANG....

PSCHTT

AUF DEM HOLZWEG

DU LIEBE GÜTE! WAS HABE ICH DA ANGERICHTET?!

ES WAR VIEL ZU GEFÄHRLICH, DAS GROSSE BRETT IN EINEM STÜCK ZU TRANSPORTIEREN. DESHALB HAB ICH ES ZERKLEINERT. ICH HOFFE, DAS WAR IHNEN RECHT...?

AUGEN AUF IM STADTVERKEHR!

VORS...

WARTE MAL, STUPS! ICH LAUF NUR SCHNELL RÜBER ZUM KIOSK UND KAUF MIR EINEN COMIC...

DU MUSST EINEN SCHUTZENGEL HABEN!

WENN DAS MEINER WÄRE...!

BEGREIFST DU ÜBERHAUPT, WAS DU FÜR EIN GLÜCK GEHABT HAST?! EIN WUNDER, DASS DU NOCH AM LEBEN BIST...

WEISST DU DENN NICHT, DASS ES BESSER IST, AUF DEM BÜRGERSTEIG ZU BLEIBEN? DA KANNST DU SICHER SEIN, DASS DIR NICHTS PASSIERT...

NACH STRICH UND FADEN

VERFLIXT, MEIN HOSENKNOPF... DA GEHT ER HIN...

UND DAS GERADE JETZT, WO MAMA NICHT ZU HAUSE IST...

ICH NÄHE IHN MIR SELBST AN... HM, GAR NICHT SO LEICHT, DEN FADEN DURCH DAS NADELÖHR ZU KRIEGEN...

GLEICH IST ES GESCHAFFT...

AUA! ICH HAB MICH GESTOCHEN!

DAS REICHT... JETZT SITZT ER BOMBENFEST!
?
VERFLIXT... NA, SO WAS... JETZT HAB ICH DEN VORHANG AN MEINER HOSE FESTGENÄHT!
ABER DAS PROBLEM IST LEICHT GELÖST... ICH BRAUCHE BLOSS DIE FÄDEN DURCH-ZUSCHNEIDEN...
ICH GLAUBE, ICH SOLLTE DOCH LIEBER WARTEN, BIS MAMA NACH HAUSE KOMMT...
STUPS!

BRUCHSTÜCKE

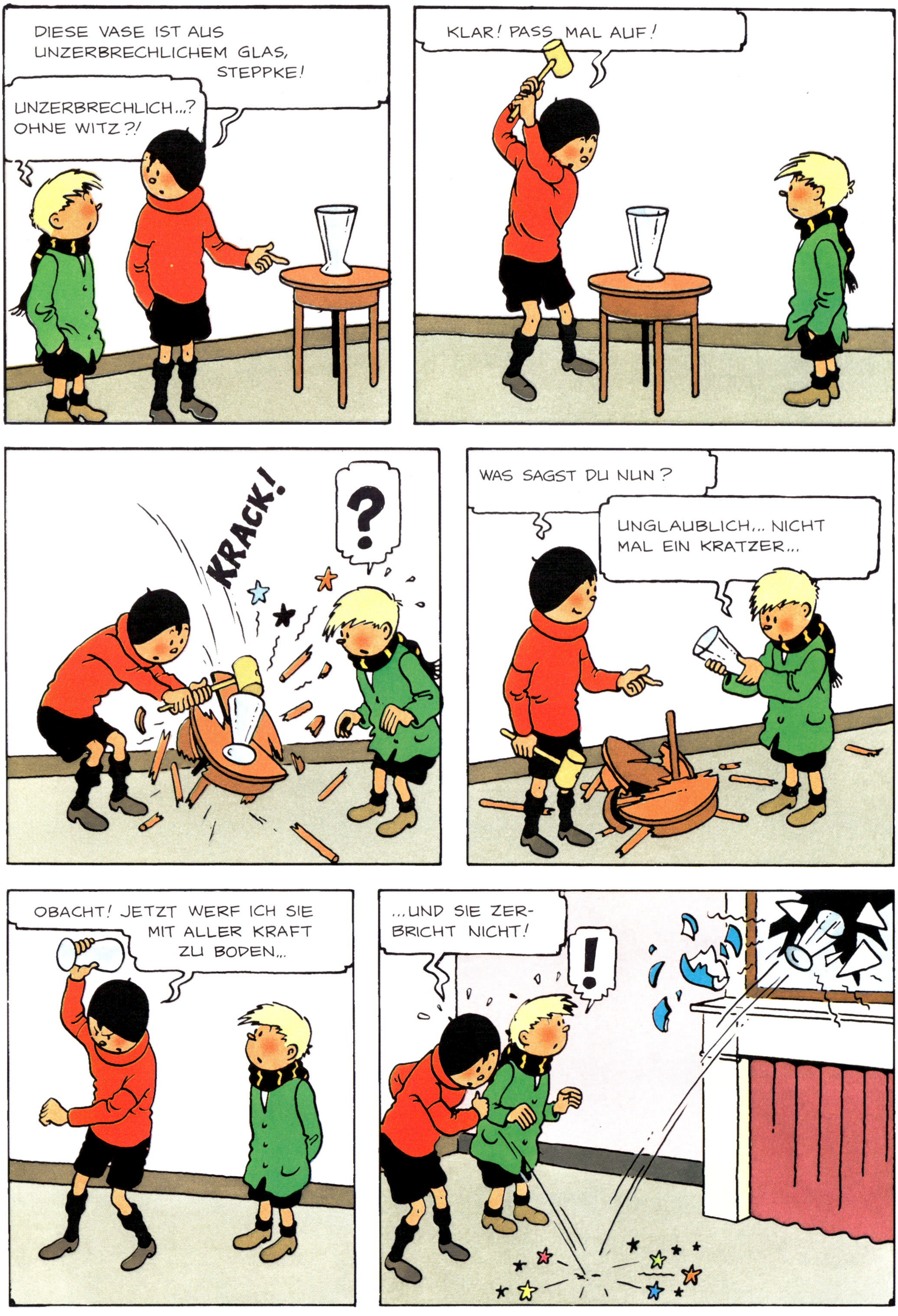

DA BLEIBT MIR GLATT DIE SPUCKE WEG!
SAG ICH DOCH!
WARTE MAL EINEN MOMENT... ICH ZEIG DIR, WIE UNWAHRSCHEINLICH HART DIESES GLAS IST...
SO... JETZT SPERR MAL DIE AUGEN AUF!
WILLST DU ETWA MIT DIESEM SCHWEREN HAMMER...?
KLAR DOCH... PASS AUF!
IST DER NICHT EIN BISSCHEN ZU GROSS?
?
?
UNGLAUBLICH! DIE VASE IST NOCH HEIL! ICH DENKE, SO EINE SCHENK ICH MEINER MUTTER...
HERGÉ

FALLOBST

-156-

PASS BLOSS AUF! DIR WERD ICH'S ZEIGEN! MIR ABGEKAUTE ÄPFEL AUF DEN KOPF ZU WERFEN... / GENAU! DAFÜR ZAHLST DU!	DEM WERD ICH SEINEN APFEL IN DEN RACHEN STOPFEN! / RECHT SO! ZEIG'S IHM!
DARAUF KANNST DU DICH VERLASSEN!	HIER IST ES! / BUMM BUMM BUMM
WAS IST DENN HIER LOS?	ÄH... NICHTS... WIR HABEN UNS WOHL IM STOCKWERK GEIRRT!

GEÖLTE KLECKSE

SAGT MAL, HABT IHR ZEIT...? PASST MAL AUF DEN FLUR AUF, BIS ICH MIT DEM ESSEN FERTIG BIN... ABER FASST NICHTS AN...

KLAR, MACHEN WIR!

DIE FRISCH GESTRICHENE TÜR GLÄNZT JA RICHTIG!

NICHT ANFASSEN, STUPS!

NOCH NICHT TROCKEN!

LUSTIG, WAS? DEIN FINGER IST GANZ GRAU...

WAS FÜR EINE HÜBSCHE SCHWARZE FARBE... MIT ETWAS ÜBUNG KÖNNTE ICH EIN ZWEITER PICASSO WERDEN...

VERFLIXT! ICH HAB EINEN KLECKS GEMACHT...

JA, STUPS, DAS IST EIN KLECKS...

DABEI HAT ER DOCH GESAGT, WIR SOLLEN NICHTS ANFASSEN!

SCHNELL! WIR WISCHEN IHN WEG, DANN MERKT KEINER WAS...

O WEH, STEPPKE, DER FLECK IST NOCH GRÖSSER GEWORDEN! VIELLEICHT GEHT ER MIT TERPENTIN WEG...?
MEINST DU?
JA, ES KLAPPT! DIE FARBE VERSCHWINDET...
BIST DU SICHER...?
NA BITTE... FAST SAUBER! NOCH EIN WISCHER, UND ...OJE!
?
SO WAS DUMMES! ICH HATTE ES FAST GESCHAFFT...
DER MALER WIRD SCHÖN SCHIMPFEN!
DA GIBT'S NUR EINS: WIR MÜSSEN DEN GANZEN FUSS-BODEN STREICHEN, DAMIT DER FLECK VERSCHWIN-DET!
DEN GANZEN FUSSBODEN?
GUT UND SCHÖN, ABER FÄLLT DIR KEINE SCHNELLERE METHODE EIN?
BEEILUNG, STEPPKE! DER MALER BRAUCHT DAVON JA NICHTS ZU MERKEN...